Tras la Pista del Ruiseñor

Queridos mamá y papá:

Habéis dicho que Rosie ha ido a un Lugar Mejor, y creo que ya sé dónde está.

Debe de estar con el ruiseñor. Salgo a buscarlos para traerlos de vuelta a casa.

Os prometo que miraré a los dos lados antes de cruzar la calle. Y os prometo que haré todo lo posible por no angustiarme. Os quiero mucho.

Jasper

Editorial Bambú es un sello
de Editorial Casals, SA

Título original: The Hunt for the Nightingale
Publicado por acuerdo con Simon & Schuster UK Ltd
1st Floor, 222 Gray's Inn Road, London, WC1X 8HB
A Paramount Company

© 2022, Sarah Ann Juckes, por el texto
© 2022, Sharon King-Chai, por las ilustraciones
© 2023, Roser Vilagrassa, por la traducción
© 2023, Editorial Casals, SA, por esta edición
Casp, 79 – 08013 Barcelona
editorialbambu.com
bambulector.com

Diseño de la colección: Estudi Miquel Puig

Primera edición: septiembre de 2023
ISBN: 978-84-8343-933-3
Depósito legal: B-12996-2023
Printed in Spain
Impreso en Anzos, SL
Fuenlabrada (Madrid)

El papel utilizado para la impresión de este libro
procede de bosques gestionados de manera sostenible.

Tras la Pista del Ruiseñor

SARAH ANN JUCKES

Ilustraciones de Sharon King-Chai

Traducción de Roser Vilagrassa

EDITORIAL

*Para Amelia, Edward y todas las
personas que escuchan a S.A.J.*

Para Chloe, Zac y Casey S.K-C.

Mar

Parada de
autobús

Es-

Ketterly

Springy
Wood

Littleworth

Faisán

Casa

Escuela

Parque

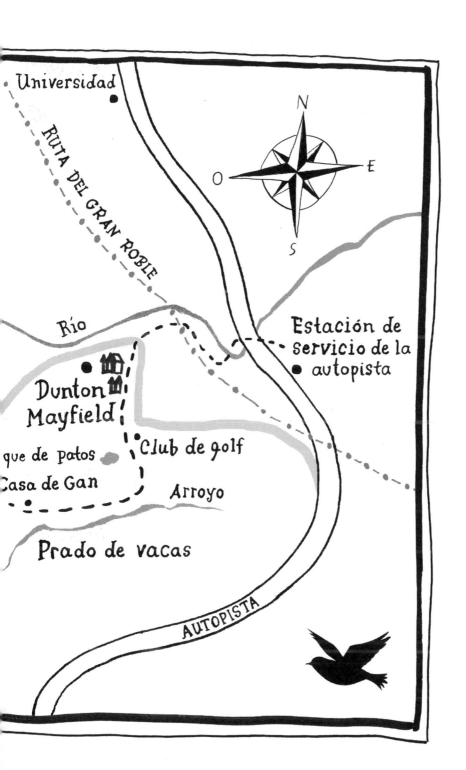

Los ruiseñores son difíciles de avistar.

Del *Libro de los pájaros* de Rosie y Jasper

Mi hermana mayor, Rosie, dice que lo primero que tienes que hacer si te pierdes es buscar el modo de localizar un punto cardinal y mantener la calma.

Al principio yo creía que se refería a que tenía que buscar un moratón y no asustarme al verlo, pero no: se refería a que hay que buscar la manera de orientarse y no angustiarse.

Desde aquí es fácil saber dónde me encuentro, porque estoy en el árbol del prado que hay detrás de nuestra casa. Es un árbol alto, pero tiene ramas por las que podemos trepar hasta muy arriba. Además, a media altura hay una que es plana, como si fuera un banco suspendido en el aire.

En primavera, Rosie y yo siempre nos sentamos ahí. Cerramos los ojos, nos quedamos muy quietos y escuchamos el canto del ruiseñor en la penumbra azulada del atardecer..., el trino salpica la oscuridad como si el cielo fuera una página de un libro de arte.

Pero el sol ya se ha puesto del todo. Y Rosie no está conmigo. Ni hay un ruiseñor que escuchar.

Solo oigo silencio.

CURIOSIDAD SOBRE LOS PÁJAROS N.° 2

Un grupo de ruiseñores es una «bandada».

—Mamá, ¿dónde está Rosie?

Llamo a mamá a través de la puerta del estudio, y aparece con los ojos medio cerrados en la oscuridad. Me mira y se frota los párpados.

—¿Jasper? ¿Qué haces despierto todavía? Vete a la cama, cariño..., tu padre y yo estamos un poco ocupados ahora mismo.

Retrocedo, porque sé que no debo molestarlos cuando trabajan y hace rato que tendría que estar acostado. Pero se han pasado la semana encerrados en el estudio haciendo llamadas, y creo que ya no puedo esperar más.

—Es urgente —le digo—. Y me dijisteis que tengo permiso para molestaros si es urgente.

Mamá parece muy cansada, pero se pone de rodillas delante de mí y me coge una mano.

—¿Es otra vez por el pájaro desaparecido? Jasper, ya hemos hablado de eso. Tu padre y yo no podemos hacer nada. Es un pájaro salvaje y, comparado con todo lo que ha pasado, no es lo más...

—Ya sé que vosotros no podéis hacer nada —le digo—. Pero Rosie sí. Quedamos en que, cuando volviera a casa de la universidad la semana pasada, me ayudaría a buscarlo. Pero no han vuelto ni ella ni el ruiseñor.

De pronto mamá se pone pálida como un pelícano. Me suelta la mano, pero respira hondo y vuelve a cogérmela, y me la aprieta más fuerte que antes.

—Sé que todo esto es muy difícil, Jasper. —Traga saliva—. Para mí y para tu padre también. Pero Rosie se ha...

Baja la voz hasta quedarse en silencio, y yo retiro rápidamente la mano y me miro las botas, que tienen salpicaduras de fango a los lados. No debería llevarlas puestas dentro de casa, pero creo que mamá no se ha dado cuenta. Normalmente se preocupa mucho de que las cosas estén limpias y ordenadas, pero esta semana va despeinada y huele como si no se hubiera bañado en días. Papá sale del despacho y me fijo en un dedo que le asoma por un agujero del calcetín.

–¿Jasper? –dice–. ¿Qué haces despierto?

Mamá se pone de pie y le dice algo en voz baja, pero yo lo oigo:

–Es el pájaro otra vez. Quiere que Rosie le ayude a encontrarlo.

Papá da un suspiro muy largo, y yo levanto la cabeza para ver si se ha desinflado como un globo. Se aprieta los ojos por debajo de las gafas y luego me mira.

–Tu madre y yo necesitamos un poco de tiempo para resolver algunas cosas que son importantes, cariño. A lo mejor en un par de semanas..., después del funeral..., podemos ayudarte a encontrar el ruinseñ...

–¡Es ruiseñor! –lo interrumpo.

Papá aprieta la mandíbula cuando suena el teléfono del estudio y corre a atenderlo.

Entonces miro a mamá y le digo:

–Lo mío también es importante.

Me mira con una sonrisa, pero no es de verdad.

–Procura mantener la calma, cariño. Sé que es muy difícil. ¿Por qué no vas a leer un libro para pensar en otras cosas? A papá, leer le ayuda a distraerse.

–Pero, mamá...

–¡Julia! –grita papá desde el estudio.

–¡Enseguida voy! –contesta mi madre, y me pasa una mano rápida por el pelo–. Estaré despierta para darte las buenas noches en un ratito.

Papá vuelve a llamarla, y mamá suspira y cierra la puerta al entrar.

Los trinos del ruiseñor contienen unas doscientas frases distintas.

No me gusta perder cosas. Cuando pasa, me duele la barriga y me mareo y me entran ganas de vomitar.

Tengo la impresión de que nadie en la escuela se angustia tanto como yo. Papá siempre dice que me preocupo por nada importante. Siempre dice cosas como «tus compañeros de clase no se están riendo de ti en realidad,

17

Jasper», o «no se va a acabar el mundo por haber perdido los deberes, ¿sabes?».

Sin embargo, yo no lo tengo tan claro, porque el hecho de que Rosie no esté me hace sentir que todo se ha acabado, y seguramente por eso he estado tan angustiado esta semana. Pero mamá tiene razón: si pienso en cosas buenas y reales, como todo lo que sale en nuestro *Libro de los pájaros*, normalmente me tranquilizo.

El *Libro de los pájaros* es un libro que Rosie y yo llevamos escribiendo desde hace siglos, y contiene todo lo que sabemos sobre los pájaros. Es el mapa de mi cerebro, e incluye plumas e información para aprender a localizar distintos tipos de aves. Y cuando lo leo, pienso en cosas que tienen que ver con pájaros y dejo de angustiarme y ya no me encuentro tan mal.

El libro tiene un montón de páginas sobre el ruiseñor. Se dice que es un «ave migratoria», lo que significa que vuela a otro lugar en verano y regresa al prado detrás de casa cada mes de abril. Y aunque Rosie haya volado a la universidad porque es nueve años mayor que yo, me prometió que en abril y mayo volvería a casa en coche, fin de semana sí, fin de semana no, para que pudiéramos sentarnos en el árbol a oír cantar al ruiseñor, porque para nosotros es algo importante.

Hace dos semanas, aunque el ruiseñor no había llegado cuando supuestamente suele hacerlo, Rosie y yo nos sentamos igualmente en la oscuridad, inmersos en el silencio.

–Esto no me gusta –le dije–. El ruiseñor tendría que haber llegado, ¿no? Ya estamos en mayo y no lo hemos oído ni una sola vez.

Rosie me cogió la mano en la penumbra.

–¿Sabes qué?, me he enterado de que han oído a un ruiseñor en la estación de servicio de la autopista M23. ¿Qué te juegas a que es el nuestro, Jasper? Seguro que se ha perdido. Un pájaro está perdido hasta que lo encuentras. Y yo lo encontraré... Te lo prometo.

Y aunque no le veía la cara, sabía que Rosie siempre dice la verdad. Así que la creí.

–Yo te ayudaré.

Y me apretó la mano con fuerza.

–Lo haremos juntos. Tú y yo. El próximo fin de semana volveré a venir.

Eso dijo. Hasta lo escribió en nuestro *Libro de los pájaros*.

Rosie y Jasper salen tras la pista del ruiseñor.

PRÓXIMO FIN DE SEMANA

Rosie debería haber regresado el viernes pasado, y de esto hace ya una semana. Todos los días, después de la escuela, miraba a todas horas la puerta del garaje, esperando en algún momento ver entrar por la acera el trasto de coche morado de Rosie, con sus asientos mullidos y la música alegre que siempre pone a todo volumen. Pero al final era difícil estar pendiente, porque mamá y papá se ausentaron varios días y me dejaron con la abuela, que vive al otro lado de la calle. La abuela me dejó ver dibujos animados todo el fin de semana, pero no me contestó a ninguna de las preguntas que le hice sobre dónde habían ido mamá, papá y Rosie, y, no sé por qué, me dejaba solo para subir a su habitación y no se movía de allí.

Mamá y papá estuvieron fuera tanto tiempo que llegué a pensar que también habrían desaparecido. Y puede que así fuera, porque cuando por fin volvieron a casa, actuaban como si no supieran dónde estaban. Y Rosie no iba con ellos.

La expresión de sus caras no me gustaba. Parecían

asustados, y eso me daba mucho miedo. Querían abrazarme y hablar conmigo, pero no podía oírlos porque me dolía muchísimo el estómago. Cuando me angustio tanto, los pájaros son lo único que me hace sentir que no voy a la deriva en un mar oscuro y feroz.

Así que, mientras papá lloraba, yo concentraba mis pensamientos en que los ruiseñores recorren tres mil kilómetros para llegar a África todos los años.

Y mientras mamá me frotaba las manos con fuerza entre las suyas, pensaba en que los ruiseñores son un ave muy común en toda Asia y Europa.

Me sentía mal por no escucharlos como es debido, pero no podía evitarlo. Se supone que debo distraerme con pensamientos agradables cuando me angustio. Solo retuve algo que papá dijo al final:

–Rosie se ha ido a un Lugar Mejor.

Tendría que haberme sonado bien, pero me pareció algo confuso. ¿Dónde va a estar mejor que sentada en nuestro árbol escuchando al ruiseñor? Yo soy ese Lugar Mejor.

Así que... ¿dónde está mi hermana?

Enciendo el móvil y vuelvo a marcar su número, pero solo oigo el silencio crepitante al otro lado, hasta que salta el contestador. Y la llamo otra vez, y otra, hasta que mamá entra a darme las buenas noches. Pero creo que aún estoy enfadado con ella por hablar del ruiseñor como si no fuera algo importante y me hago el dormido.

Se sienta en mi cama y me mira durante muchísimo rato. Llega un momento en el que finjo tan bien que duermo que me acabo durmiendo. Y al despertarme a la mañana siguiente, mamá ya no está.

Me levanto de un salto y salgo corriendo en pijama a ver el árbol. Cuando veo que Rosie no está subida a las ramas, vuelvo a entrar en casa para buscarla por todas las habitaciones por enésima vez. Pero solo encuentro a la gata, *Fish*, durmiendo sobre la alfombra del baño.

Bajo al comedor y salto sobre el sofá para apartar las cortinas de la ventana y volver a mirar si el coche morado de Rosie está aparcado en la entrada. Pero solo veo nuestro jardín descuidado y, en la entrada al garaje, junto al coche de mamá y papá, un espacio vacío.

Papá entra al comedor. Lleva el suéter del revés. Al verme mirar por la ventana, parece que se pone triste.

—Quizá tendrías que volver al cole...

No fui a la escuela ningún día de la semana pasada. Mamá me dijo que no tenía que ir si no quería, y como nunca quiero ir, pues no fui. Pero me acabé aburriendo, sobre todo porque cada dos por tres me enviaban a casa de la abuela. Y en su casa no había nada con lo que distraerme del dolor de estómago que me dice que algo va muy mal.

—Es sábado —digo, deslizándome por el respaldo del sofá.

Papá, sorprendido, mira el reloj de la pared. Luego se sienta conmigo y me aprieta con mucha fuerza los hombros.

—Sabes que mamá y yo te queremos mucho, ¿verdad?

Le digo que sí con la cabeza, porque lo sé. Pero que lo diga así hace que el corazón se me agite no sé por qué, así que me escabullo antes de que note que me estoy volviendo a angustiar.

—¿Adónde vas? —me pregunta, al verme ir hacia la puerta.

Me detengo, pero no me vuelvo a mirarlo.

—Tengo que averiguar dónde está ese Lugar Mejor —murmuro.

Papá hace un ruido extraño con la garganta.

—Seguramente allí donde están vuestros malditos pájaros —dice con resentimiento.

Cuando voy a contestarle que los pájaros son magníficos y no malditos, caigo en la cuenta.

—¡Papá, eres un genio!

Lo dejo en el comedor y subo corriendo a mi habitación, donde tengo el *Libro de los pájaros*. Sobre la cama, paso las páginas a toda velocidad hasta que encuentro lo que busco:

Rosie y Jasper salen
tras la pista del ruiseñor.
PRÓXIMO FIN DE SEMANA

Papá tiene razón. Si Rosie no está aquí conmigo, ese Lugar Mejor tiene que ser allí donde esté el ruiseñor. Y si el ruiseñor está en la estación de servicio, como me dijo ella, ya sé dónde encontrarla.

Precisamente la semana pasada Rosie me dijo que algo está perdido hasta que lo encuentras. Así que si encuentro a mi hermana y al ruiseñor, quizá todo vuelva a la normalidad.

Los ruiseñores construyen nidos en forma de taza cerca del suelo.

Antes de que Rosie se comprara el coche y se marchara a la universidad, teníamos que esperar una eternidad para que papá nos llevara a ver cosas importantes, como por ejemplo, pájaros. Pero a papá no se le da muy bien acordarse de cosas que no tengan que ver con su trabajo, así que Rosie y yo acabamos siendo expertos en hacerlas por nuestra cuenta.

Yo solo no puedo ir a la estación de servicio de la autopista porque tengo nueve años. Y aunque quisiera pedirles a mamá y a papá que me llevaran en coche, no puedo, porque han cerrado otra vez la puerta del estudio, lo que significa que no se me permite entrar. Pero hay un montón de formas de llegar sin coche.

Lo primero que necesito es un mapa. Rosie tiene mapas de Ordnance Survey, la agencia cartográfica nacional del Reino Unido, en su habitación, así que voy a su estantería y cojo el que necesito. Localizo la estación de servicio en una página y nuestra casa en otra, y sé que, para no perderme, solo tengo que seguir las líneas de colores de una página a la otra.

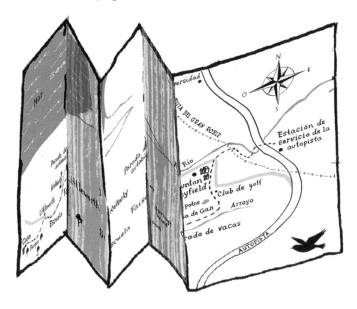

Al principio, los mapas pueden parecer complicados. Todas las líneas se entrecruzan y hay símbolos que parecen el código secreto de un espía. Pero en la parte de arriba también hay una cuadrícula dibujada, y Rosie me enseñó que es más fácil interpretar el mapa cuadrado a cuadrado y utilizar la leyenda para saber qué significa cada línea de color.

Una gruesa línea azul atraviesa todo el mapa formando eses. Según la leyenda, es la autopista que va de nuestra casa a la universidad, pero no se puede entrar en ella sin coche. Hay carreteras más pequeñas marcadas en amarillo y blanco, por las que seguramente puedo ir a pie, porque suelen tener acera. Una va de mi casa a mi pueblo, que se llama Littleworth. Otra línea sigue hasta otro pueblo cercano llamado Dunton Mayfield. Y luego hay otras más pequeñas, de color rojo y negro, que parecen pelos torcidos, que son las que Rosie y yo seguíamos en nuestras excursiones, porque son senderos.

Miro en internet y averiguo que hay un autobús que casi llega hasta allí, en cuestión de una hora..., y que está a punto de salir. Luego solo tendría que seguir un sendero y un carril bici para llegar a la estación de servicio. Y me imagino a Rosie en el trocito del mapa donde pone «árboles», saludándome y diciéndome: «¡Estoy aquí, Jasper! ¡Ven a buscarme!».

Ahora que tengo un plan para ir a buscar a Rosie, el dolor de estómago que he tenido durante toda la semana por culpa de la angustia empieza a desaparecer.

Bajo a buscar el frasco donde mamá y papá ponen el dinero para la compra y cojo diez libras. Me siento mal por coger dinero, porque el año pasado mamá y papá dijeron que andaban un poco apurados y que a lo mejor tendrían que vender la casa, y por eso ahora no paran de trabajar preparando barritas de semillas y frutos secos para senderistas, para tener suficiente para seguir viviendo aquí. Pero a lo mejor no pasa nada si uso el dinero para comprar comida y una bolsa de patatas para los dos cuando llegue allí.

Lo siguiente que hago es sacar de la mochila los libros de la escuela y el estuche y llenarla con todo lo que creo que voy a necesitar. Y, como estoy preparado, hago una lista:

Lista del equipo de supervivencia en la naturaleza de Jasper

Libro de los pájaros

Mapa
Brújula
Prismáticos
Comida (barritas de semillas y frutos
secos, un plátano, una barrita de chocolate
y galleta)
Agua
Toalla de microfibra, porque papá dice que
siempre hay que llevar una toalla
Dinero
Móvil
Calcetines limpios
Linterna de manivela
Silbato de emergencia
Botas de montaña, porque pueden ensuciarse
de barro (aunque hace bastante sol)
Crema solar
Gorra

Si tuviera que pasar la noche fuera, también me llevaría un hornillo de camping y un saco de dormir y cosas así, pero el autobús sale en treinta minutos de la estación al final de la calle y probablemente volveré a estar en casa después de la hora de comer, así que no me hará falta nada de todo eso.

Me como unas tostadas y compruebo que mi gata, *Fish*, tenga suficiente comida y agua, y que la caja de arena esté limpia. Me la encuentro durmiendo sobre la almohada de Rosie y le rasco varias veces la barbilla para despedirme. Luego me quedo un buen rato de pie delante del estudio de mamá y papá, pensando en si llamar o no a la puerta. Pero los oigo teclear y suspirar y levantar y volver a dejar las tazas de café, y todo esto normalmente significa que no debo molestarlos.

Así que en vez de llamar a la puerta, les escribo una nota, que dejo en la encimera de la cocina.

Queridos mamá y papá:
Habéis dicho que Rosie ha ido a un Lugar Mejor, y creo que ya sé dónde está. Debe de estar con el ruiseñor. Salgo a buscarlos para traerlos de vuelta a casa. Os prometo que miraré a los dos lados antes de cruzar la calle. Y os prometo que haré todo lo posible por no angustiarme.
Os quiero mucho.
Jasper

Una golondrina no es mucho más grande que una caja de cerillas.

Mi casa está en el límite de Littleworth, justo donde acaban las casas y empiezan los prados, los campos de ovejas y el bosque.

Paso por delante de la tienda donde papá compra el periódico casi todos los días y donde yo a veces compro chuches o una revista de fauna y flora, según lo que más me apetezca ese día. Normalmente, la revista. Luego paso por delante del parque infantil donde una vez vi un gavilán.

La estación de autobuses es un edificio que está en medio de una carretera con forma circular, como una rotonda. En el horario que he encontrado en internet ponía que hoy solo había un autobús a Dunton Mayfield, y que salía de la dársena 4. Esperaba que fuera un autobús de dos pisos, para poder sentarme arriba en la primera fila y ver pasar el mundo por debajo como si volara. Pero es un autobús normal y parece un poco sucio.

Me hago a un lado, un poco nervioso, y observo cómo sube la gente. Reconozco a una chica que se llama Lulu y que va sola, como yo. Es unos años mayor que yo, así que ahora va a secundaria, pero me acuerdo de las gafas grandes y las trenzas que llevaba cuando iba a sexto. También me acuerdo de que era la estrella en todos los conciertos que se organizaban en la escuela, porque bailaba como un ave del paraíso.

Me muevo un poco, tratando de «actuar con confianza», como papá siempre me dice que haga. Echo los hombros atrás y levanto la barbilla y espero que Lulu no se dé cuenta de cómo me sudan las manos. Las gafas le agrandan un montón los ojos y, cuando mira hacia mí, me da por imaginar que también me hacen más grande.

A veces, en la escuela tengo la sensación de que los demás me miran y se ríen de mí, así que me he acostumbrado a intentar pasar desapercibo. Mi profesora, la señorita Li, dice que no es así. Pero aunque no lo sea, me pone nervioso que Lulu me esté mirando.

Me preocupa que se acerque y se ponga a hablar conmigo, pero veo que sube al autobús poco a poco y suelto un suspiro de alivio. Yo soy el siguiente, y el conductor me mira como preguntándose por qué tardo tanto en subir. Llevo en la mano el billete de diez libras, que está resbaladizo en la parte por donde lo sujeto. El conductor tiene unos ojos severos y las cejas blancas, y una nariz larga como un pico que le da el aspecto de un águila americana. Y en vez de hacerme sentir mejor, la imagen me hace pensar que podría darme un picotazo en los dedos.

El pánico me sube del pecho a la garganta y grito:

–Un billete de ida y vuelta a Dunton Mayfield, por favor.

DUNTON MAYFIELD

El conductor me mira de arriba abajo, así que agarro fuerte el *Libro de los pájaros* e intento pensar en curiosidades sobre las águilas americanas.

ÁGUILAS AMERICANAS

Las águilas americanas son grandes y veloces, tienen patas y garras largas, lo que significa que pueden cazar a sus presas en pleno vuelo si es necesario. Es una habilidad bastante útil, porque les encanta comer otras aves.

Normalmente, pensar en cosas que sé sobre los pájaros me tranquiliza, pero esta ha hecho que el conductor parezca perverso. Así que suelto el billete para pagarle y, lentamente, me entrega el tique y el cambio de seis monedas de una libra. Enseguida pone en marcha el motor, y corro a ocupar el primer asiento libre que veo, lejos de Lulu, que está sentada al fondo.

El autobús da marcha atrás con las puertas todavía abiertas, y sé que aún estoy a tiempo de bajarme y correr de vuelta a casa y meterme en la cama, donde no hay motores estridentes, ni conductores de mal humor, ni nadie de la escuela que me reconozca.

Pero Rosie ha desaparecido. Y cuando pierdes algo que amas, haces todo lo posible por encontrarlo.

Me agarro a los lados del asiento y empiezo a marearme un poco a medida que el autobús arranca y se pone a dar tumbos por los baches de la carretera. Pasamos por delante de mi escuela, y se me hace raro ver la verja cerrada después de no haber ido en una semana. La tostada del desayuno se me revuelve en el estómago como si se me fuera a salir por la boca de un momento a otro.

Yo estoy acostumbrado a ser el que se preocupa por cosas como, por ejemplo, ir en autobús, pero la última vez que Rosie y yo fuimos juntos en uno, la que estaba nerviosa era ella. Era la primera vez que íbamos a hacer una visita a la universidad antes de que Rosie fuera admitida oficialmente. No estaba segura de si sería la carrera que más le convenía, ni si estaría a gusto en un lugar tan diferente.

Mamá y papá estaban demasiado ocupados para acompañarnos, pensando en maneras de ganar dinero y no perder la casa, así que para que Rosie se sintiera mejor, subimos al piso de arriba del autobús para poder ver pájaros. Vimos una bandada de golondrinas, fáciles de distinguir por su cola en forma de horquilla. Volaban en bucle sobre los campos, buscando insectos para comer, y esto nos hizo olvidar las preocupaciones.

Cuando llegamos a la universidad, conocimos a un estudiante que llevaba una gorra con el dibujo de un abejorro y las palabras «Este es mi abegorro», y a mi hermana y a mí nos pareció supergracioso. Dijo que se llamaba David y que nos daría una vuelta por el «campus», que es como un campamento donde están las casas y las aulas que pretenecen a la universidad. El campus tenía árboles y un lago grande con patos y hasta una garza. Y luego entramos en un edificio donde daban unas clases a las que llamaban conferencias, mucho más grande y sofisticada que mi escuela. Los alumnos se sentaban en fila detrás de unas mesas largas y escalonadas, como en un teatro.

Nos sentamos en uno de los bancos a escuchar a una profesora que explicaba el contenido del curso. Algunas lecciones parecían aburridas, pero otras trataban sobre las aves. Y cuando Rosie levantaba la mano para hacer preguntas, nadie suspiraba ni le pedía que se callara, como papá hace a veces. Ni siquiera parecía importarles que me hubiera llevado con ella, aunque fuera el único niño. Todo el mundo escuchaba y decía que sí con la cabeza, y de pronto me puse triste, porque vi que a Rosie le iba a encantar aquel sitio, y eso significaba que se marcharía.

Después de la charla, salí a sentarme en la hierba, y Rosie vino a sentarse a mi lado.

−¿Qué te pasa, Jasper?

−Me vas a dejar solo, ¿verdad?

Me cogió la mano y la estrechó.

−No vas a estar solo, bobo. Mamá y papá...

Pero al instante se calló y no dijo nada más, porque los dos sabíamos que siempre estaban ocupados y era como si nunca estuvieran.

Así que en vez de seguir hablando, sacó un rotulador del bolsillo y empezó a dibujarme algo en la mano.

Intenté ver qué era, pero no me dejó hasta que hubo acabado. Estaba un poco mal hecho, porque Rosie es una experta en naturaleza y en ser mi hermana, pero el dibujo no se le da nada bien. Aun así, por la cola supe que era una golondrina, con este aspecto:

Golondrina

–Las golondrinas recorren miles y miles de kilómetros todos los años, pero siempre regresan. Y cuando yo no esté, tampoco estarás solo nunca, Jasper.

Pasé el dedo alrededor del dibujo.

–¿Cada cuánto vendrás?

–Siempre que me necesites.

Por su expresión, parecía decir la verdad, porque siempre decía la verdad. Y la abracé, porque estaba contenta, y, aunque sabía que la iba a echar de menos, yo también estaba contento por ella.

El autobús da una sacudida, y una señora mayor que va de pie intenta sujetarse bien para no caerse, así que me levanto para cederle el asiento. Me cuelo por debajo de los brazos de la gente hasta que encuentro un sitio desde donde veo bien a través del parabrisas. Vamos a toda velocidad por una larga carretera rural con árboles a los dos lados. Algunos tienen ramas cortadas en la parte más alta por el roce de los autobuses de dos pisos y parecen puzles a los que les faltan piezas.

Me miro la mano donde Rosie me dibujó la golondrina, pero se borró hace ya un año. Pensar en el dibujo siempre me calmaba, pero ahora, cuando veo que no está, me recuerda que Rosie tampoco está conmigo. A pesar de haberme prometido que volvería.

Siempre he pensado que las cosas son hechos inalterables, como que las aves siempre emigran de vuelta en primavera o que Rosie regresaría a casa porque dijo que lo haría. Aunque quizá algunos hechos pueden cambiar.

Noto horribles punzadas en el estómago, así que miro el reloj. Todavía me quedan cuarenta minutos de pie en el autobús y luego una buena caminata antes de encontrar a Rosie y que todo vuelva a la normalidad. Mientras pienso en si pedirle o no al conductor que se dé prisa, veo a través del parabrisas algo que me llama la atención. Es un destello de plumas de intenso color azul y rojo. De pronto aparece un faisán en medio de la carretera, y el autobús no reduce la velocidad. Y grito y alguien aprieta el botón de parada, pero el faisán no ve el autobús y no creo que el autobús haya visto al faisán y...

PLAF.

Los polluelos de faisán pueden volar con solo doce días de vida.

–¡Lo has atropellado! –grito, apartando a la gente hasta llegar a la parte delantera del autobús, desde donde el conductor me mira frunciendo sus cejas blancas.

   –¡Detrás de la línea! –me grita, y doy un paso atrás, porque son las normas.

–¡Has atropellado al faisán! –le digo desde atrás–. Tienes que bajar a comprobar que esté bien.

El conductor me mira.

–Tranquilo –me dice–. Solo era un pájaro.

¡Solo era un pájaro! El conductor acaba de arrollar a un ser vivo y real y hermoso y ni siquiera se molesta en retroceder para comprobar si está bien.

Aprieto varias veces seguidas el botón de parada y los pasajeros empiezan a quejarse. Alguien me echa la bronca desde el fondo del autobús, pero me da igual, porque tengo que saber si el faisán está bien.

El autobús reduce la velocidad y las puertas se abren en una parada en medio de ninguna parte. Bajo corriendo y el conductor me grita algo, pero no tengo tiempo para escucharlo. Retrocedo un tramo de la carretera, procurando no bajar de la acera. Busco plumas sobre el asfalto o restos de sangre, y toda esa preocupación me provoca frío en los huesos.

La acera se acaba en un arcén de hierba. Me detengo y miro a izquierda y derecha. Pero no veo nada.

–¿Lo ves por algún lado?

Me doy la vuelta y es Lulu, que también se ha bajado del autobús. Empiezo a tener calor y me miro las botas, y digo que no con la cabeza.

Nos quedamos los dos de pie con las manos en las caderas, mirando entre los arbustos que hayjunto a la acera.

—A lo mejor ha volado —dice ella.

Me muerdo el labio.

—A lo mejor.

Me gustaría decirle que los faisanes no suelen volar muy lejos, porque necesitan mucha energía para alzar el vuelo, pero me pongo nervioso si me mira.

—Pues vamos a ver en los arbustos del otro lado.

Miramos a ambos lados de la carretera y cruzamos. Lulu busca el faisán detrás de los matorrales, porque es más alta que yo, pero no lo ve.

—Lo siento, Jasper —dice—. Pero si no está aquí, probablemente es que está bien.

Levanto la cabeza, sorprendido.

—¿Sabes cómo me llamo?

—Claro —responde—. Vas a la misma escuela de primaria a la que iba yo, ¿no? Tú eres el que hizo todos esos pósters con información sobre las aves que colgaron en el vestíbulo; me gustó mucho la caligrafía grande y pulcra que utilizaste.

La miro y parpadeo. La señorita Li y yo preparábamos esos pósters a la hora de comer, cuando me angustiaba.

En la escuela a veces me pasa, porque me pongo nervioso si tengo que hablar con otros niños. Aunque me dejan jugar al fútbol siempre que quiero. Que colgaran mis dibujos en la pared en grande y a la vista de toda la escuela me hizo sentir bien, pero no pensé que nadie se interesaría en leer la información. Y menos aún alguien tan popular como Lulu.

Mirándome con una sonrisa, me dice:

–Cuando te he visto bajar corriendo del autobús, me ha parecido que eras tú. Quería comprobar que estabas bien, que no te habías perdido como el faisán, o como *Buster*.

Me muerdo el labio.

–¿Quién es *Buster*?

Abre la bolsa que lleva al hombro y me enseña un fajo de papeles igual de grueso que el montón que papá tiene en su escritorio de casa.

–*Buster* es mi perro. Siempre se escapa.

Me da uno de los papeles.

PERRO PERDIDO

Responde a *Buster*.

***Buster* es un galgo y le gusta perseguir conejos. La última vez que lo vieron fue el viernes 14 de mayo en Ketterly, y aún no ha vuelto a casa. Por favor, avisa a Lulu si lo ves, llamando al 01345 765 654**

–Se escapó ayer –dice–. Voy a colgar estos carteles por donde le perdí la pista, por esos prados de ahí. ¿Quieres ayudarme?

–Perdona –le digo–, pero debería volver al autobús.

–No pasa nada –contesta, y los dos damos media vuelta para regresar–. ¡Oh! –exclama Lulu, y yo siento como si algo se hundiera dentro de mí, como una piedra en un estanque.

La carretera está vacía.

El autobús se ha ido sin mí.

Algunos búhos pueden girar la cabeza más de 270 grados.

Rosie siempre dice que la gente se pierde porque se despista o porque se asusta mucho.

No sé dónde estoy, porque me he concentrado en averiguar qué le había pasado al faisán y me he despistado, o sea que creo que esto significa que me he perdido.

Y estar perdido significa que voy a tardar más en encontrar a Rosie.

Pero eso no significa que tenga que asustarme.

Lulu parece preocupada. Normalmente, cuando alguien me mira así, me cohíbe, pero esas gafas hacen que sus ojos parezcan los de un búho. Eso me ayuda a mantener la calma, igual que cuando leo cosas sobre búhos en el *Libro de los pájaros*.

Saco el mapa y lo abro sobre la hierba junto a la carretera para orientarme.

–¿Sabes dónde estamos? –le pregunto.

Lulu mira el mapa, pero me contesta que no con la cabeza.

–Perdona, pero no lo veo bien. Tengo visión reducida. Las gafas me ayudan a ver las formas más grandes, pero las pequeñas, como los dibujos de los mapas, son demasiado difusas para poder distinguirlas.

–Oh –exclamo–. No tengo una versión más grande, pero a lo mejor yo puedo leer el mapa por ti. ¿Reconoces algún punto de referencia por la zona?

–Eso de ahí es Ketterly, el sitio que aparece en el cartel que mi padre hizo para encontrar a mi perro. –Saca otra hoja de la bolsa y me la da, para que vea cómo se escribe–. Mi abuela vive al final de esa carretera. –Y señala una carretera pequeña que gira a la izquierda, pasada la parada en la que nos hemos bajado–. Al final hay una iglesia y el ayuntamiento, donde voy a clases de danza, si es que sirve de algo.

Y sirve de mucho. Vuelvo a ubicar mi casa en el mapa, y la parada de autobús; luego sigo la carretera roja hasta la página siguiente y, en el borde, veo escrito «Ketterly». La iglesia y el ayuntamiento están indicados con una crucecita.

Suelto un suspiro.

–No me he perdido. Sé exactamente dónde estoy.

Me siento muy orgulloso por haberlo resuelto cuando me doy cuenta de que estoy en un extremo de la página. El autobús tenía que haberme dejado en Dunton Mayfield, que queda a varios cuadrados de distancia sobre el mapa, y hoy no creo que vayan a pasar más autobuses.

–Si quieres, me puedes ayudar a encontrar a *Buster* y luego venir a comer a casa de mi abuela. Hace unos pasteles buenísimos –dice Lulu–. Vengo todos los fines de semana para las clases de danza, así que me conozco bien la zona. ¿Te gustaría venir?

–¡No! –le suelto sin querer–. Tengo que encontrar a mi hermana y voy a llegar tarde.

Doblo el mapa, lo meto en la mochila y, cuando me pongo de pie, Lulu aún me está mirando.

De repente me doy cuenta de por qué me está pidiendo ayuda: ¿cómo vas a encontrar nada cuando no ves bien?

Miro el reloj.

–Bueno, creo que puedo ayudarte hasta la una. Pero después tendré que irme, porque no sé lo que voy a tardar en llegar.

Lulu me mira con una gran sonrisa.

–Genial. Siempre es mejor buscar algo en compañía, ¿no crees? Vamos, te enseñaré el prado en el que se perdió.

Andamos hasta una verja que da a un campo. Miro el mapa y veo que está marcado con una línea roja de puntos, lo que significa que se puede pasar sin problema.

El suelo es fangoso y chapotea al pisarlo con las botas, por lo que me alegro de haberme preparado bien y habérmelas puesto en vez de las deportivas, porque, si no, mamá se habría puesto hecha una furia.

El prado es amplio y cuadrado, con una parte de hierba alta en el centro y un sendero que la rodea.

—¿Por dónde? —pregunto.

Lulu señala hacia la derecha.

—Ayer iba paseando por allí con mi abuela cuando lo solté... Vio un conejo y echó a correr tras él. La verdad es que es muy rápido. —Se agarra los costados, como si recordara haber corrido tras su perro y le hubiera dado flato, como me pasa a mí cuando juego al fútbol.

—Vale —digo—. Vamos a mirar allí primero. A lo mejor ha vuelto y también te está buscando.

Caminamos por el campo hacia un árbol enorme que parece el sicomoro que hay en el prado detrás de casa, al que Rosie y yo nos subimos. Lulu anda más despacio que yo, mirando bien dónde pone los pies, pero hace tan poco ruido al pisar que tengo la sensación de ir andando solo.

—A ti se te daría muy bien encontrar pájaros —le digo con timidez—. Tu forma de andar, en silencio, es perfecta.

Lulu sonríe.

—A lo mejor es por la danza. La verdad es que me ayuda a pisar firme, lo cual es útil cuando a veces no ves bien el suelo.

La tierra tiene surcos de las ruedas de un tractor y está agrietada como la piel seca de un elefante, así que nos cuesta avanzar.

—¿Buster es tu perro guía?

Lulu se ríe.

–No..., los perros guía están mucho mejor entrenados. Mi padre se lo encontró cuando se escapó de un refugio para perros y yo me enamoré perdidamente de él. Si fuera un perro guía, sería un desastre, pero es un amigo estupendo. Y su presencia me tranquiliza, incluso cuando no hay mucha luz y no veo bien, ¿sabes?

Digo que sí con la cabeza, porque sé qué quiere decir.

–A mí me pasa igual con los pájaros y con mi hermana Rosie. –El corazón se me vuelve a acelerar mientras hablo con Lulu. Pero no es como la palpitación que tengo cuando me angustio. Es diferente. De hecho, me gusta.

Al llegar al árbol vamos más despacio.

–Entonces sabes exactamente qué quiero decir –dice.

Sonrío y miro alrededor, imaginándome como una lechuza con una visión superior, capaz de ver un ratoncillo a una gran distancia.

Y aunque no llego a ver ni un ratón ni un perro, le hablo a Lulu sobre la vez que Rosie y yo vimos una lechuza.

Los búhos son nocturnos, lo que significa que les gusta estar despiertos durante la noche y buscar comida en la oscuridad. Tienen unos ojos grandes, adaptados para ver con poca luz, pero también tienen un oído excelente. Tienen las orejas a los lados de la cabeza, una en una parte más alta que la otra, algo que los ayuda a localizar con precisión a la presa. Es como si, a partir de los sonidos, fueran capaces de trazar un mapa en su mente.

Para encontrar una lechuza, Rosie y yo tuvimos que pensar como una lechuza. Como solo salen de noche, hicimos un plan para salir en silencio de casa al ponerse el sol, pero papá estaba en la cocina y vio a Rosie antes de que pudiera llegar a la puerta.

–¿Rosie? –dijo, mientras se limpiaba una mano en el delantal–. Ven, prueba esto. Es un sabor a nuevo. La opinión de la segunda chef me iría bien... ¿Igual tiene demasiado caramelo?

Rosie puso los ojos en blanco. Solían preparar juntos barritas de frutos secos todo el tiempo cuando yo era demasiado pequeño para salir de aventuras con ella, pero hace mucho que papá y Rosie parecen vivir en planetas muy distintos.

Rosie me apartó de un empujón de la puerta para que papá no viera que me escabullía con ella.

–Parece buena idea, papá. Si no te importa, lo probaré luego, porque ahora voy a salir a buscar un búho.

Vi la cara de papá por el hueco de la puerta, y parecía triste. Quise decirle a Rosie que podíamos dejar para el día siguiente lo de buscar el búho y dedicar esa noche a crear una receta entre toda la familia, porque la verdad es que olía de maravilla. Pero entonces papá se enfadó.

—Muy bien, ve... a ver si encuentras un búho. Está claro que es más interesante.

Rosie soltó un suspiro.

—Papá..., los búhos son interesantes. A mí me parecen interesantes.

Pero papá ya se había dado la vuelta, despachando a Rosie con la mano, y ya no la escuchaba, así que mi hermana abandonó furiosa la cocina y tiró de mí para salir a la oscuridad, mientras murmuraba que papá nunca escuchaba nada de lo que le decía.

—Pero tú tampoco has escuchado lo que quería decirte sobre la nueva receta —le dije.

Rosie me fulminó con la mirada y, cuando iba a decirme algo más, la oímos: una lechuza apareció, chillando como un fantasma en la noche.

Cruzamos el prado siguiendo el sonido. Estaba tan oscuro que no veía el suelo ni nada a mi alrededor, solo el débil resplandor de la luna detrás de las nubes y algunas estrellas que asomaban. Pero oía las hojas secas y las ramas que crujían y se partían al pisarlas, como si camináramos sobre plástico de burbujas. También oía el resuello furioso de Rosie y, de fondo, el gañido de un zorro en alguna parte y el rumor distante de alguna carretera. Pero allí, en el campo, todo se reducía a nuestra respiración, palos y búhos.

Rosie se paró en seco y yo di un salto. Me cogió de la mano y tiró de mí para ponerme delante de ella. Noté un cosquilleo en la oreja cuando me susurró:

—Ahí. En el poste. Escucha.

Escuché. Y todo estaba en el más absoluto silencio hasta que, de pronto, la lechuza soltó un siseo, y entonces la vi. Mantenía el equilibrio en lo alto de un poste y nos observaba.

Sus plumas blancas casi parecían fosforescentes en la penumbra, y su cara, que tenía forma de corazón, parecía sorprendida de vernos.

—Chis... —me susurró Rosie al oído, aunque no hubiera hecho ruido.

Mientras la observábamos observarnos, yo notaba el silencio trabado como un nudo en la garganta. Era una lechuza de carne y hueso, y mi hermana y yo la habíamos encontrado sencillamente aguzando el oído.

–¡Oye! –le digo a Lulu–. ¡Ya lo tengo!

Me descuelgo la mochila del hombro y revuelvo el interior buscando el silbato que metí.

–¿Qué estás haciendo?

–No hace falta ver bien para encontrar algo –le respondo–. También podemos usar el sonido. Por ejemplo, un silbato para perros.

Me pongo el silbato entre los labios y soplo con fuerza. El ruido es largo y agudo, como cuando alguien estira la boca de un globo, y durante un rato se oye un silbido. Pero este atraviesa el campo y hace callar en seco a los pájaros que cantaban en un árbol.

–¡Oh! –exclama Lulu, parpadeando como si mirara al prado.

No veo a su perro por ningún lado, así que vuelvo a soplar. Y cuando me dispongo a guardar el silbato en la mochila, Lulu me agarra del brazo.

–¡Creo que lo he oído! ¡Vuelve a soplar!

Soplo otra vez, y la hierba crecida cruje como si se hubiera arrugado un papel a medida que algo grande se acerca corriendo. Luego cambia hacia el lado contrario, da media vuelta, y de pronto veo aparecer un perro flaco de color marrón que se parece un montón a...

—¡*Buster*! —grita Lulu.

El perro va derecho hacia ella y le salta a las piernas con tal fuerza que Lulu cae de espaldas sobre el fango, pero le da igual porque ha encontrado a su perro y lo abraza con fuerza y...

Echo a correr.

Paloma

CURIOSIDAD SOBRE LOS PÁJAROS N.º 8

Se cree que las palomas son uno de los pájaros más inteligentes del mundo.

Respiro tan fuerte que veo puntitos.

Apoyo las manos sobre las rodillas y oigo la voz de Lulu detrás, llamándome. Me agacho todo lo que puedo y me escondo entre la hierba crecida. Me he alegrado de ver que *Buster* está bien y de lo contenta que se ha puesto

Lulu al encontrarlo, pero eso me ha hecho pensar en lo mucho que me queda para encontrarme con Rosie en la estación de servicio, y la echo de menos, como si fuera un árbol con un agujero en la copa. Pero, por lo visto, me he escondido fatal, porque Lulu me encuentra enseguida y *Buster* se me echa encima y me da un lametón en toda la cara.

—¡Te has ido corriendo antes de que pudiera darte las gracias! —dice, y se sienta a mi lado sobre la tierra seca, y tira de *Buster*—. Resulta que no se ha movido en todo el tiempo de este prado. Ha sido una grandísima idea... Pienso comprarme un silbato. Es curioso, ¿verdad?, a veces perdemos cosas y, al final, no estaban tan lejos.

Me vuelve a mirar con esos ojos agrandados, y me froto la cara.

—Mi hermana está donde el ruiseñor, que está bastante lejos.

Extiende la mano para darme unas palmaditas en el zapato.

—Pero llegarás. Creo que eres una de las personas más listas que conozco, así que seguro que lo conseguirás.

Levanto la cabeza para mirarla.

—¿Tú crees?

Lulu sonríe.

–¡Claro que sí! Sabes un montón de pájaros y sabes hacer acudir a un perro y todo eso... Si alguien es capaz de encontrar algo, eres tú.

Una gran sensación de calidez me invade de la cabeza a los pies y, de pronto, me alegro de haberme encontrado a Lulu en la parada del autobús aunque pensara al principio que iba a ser un desastre.

Se pone de pie y se sacude la ropa.

–Si te apetece, aún estás a tiempo de venir a casa de mi abuela a comer pastel. Y puedo acompañarte en tu búsqueda luego si quieres.

Le digo que no con la cabeza.

–Gracias, pero tendría que irme ya, de verdad...

Se encoge de hombros y tira de *Buster*.

–De acuerdo. No pierdas esa astucia, Jasper. Y la próxima vez, que no te dé vergüenza saludarme, ¿vale?

Me despido de ella y de *Buster*, y me da un poco de pena verlos marchar. Estoy pensando en correr tras ellos y preguntarles si, al final, puedo acompañarlos a merendar pastel... cuando oigo un aleteo. Levanto la vista y veo una paloma torcaz posándose cerca de mis pies.

LAS PALOMAS

Un grupo de científicos de
la Universidad de Oxford realizó
un estudio sobre la capacidad de
las palomas para regresar a su lugar
de origen. Averiguaron que utilizan
puntos de referencia, como por ejemplo
postes, y hasta siguen carreteras
como si viajaran en coche.

Dejo de mirar a Lulu y a *Buster*, que se han ido volviendo pequeños poco a poco en la distancia, y abro el mapa otra vez. Podría seguir la carretera por la que iba el autobús para llegar hasta Rosie, como haría una paloma. Porque va hasta Dunton Mayfield, que es donde tengo que ir. Como algunas carreteras no tienen acera, saco el móvil del bolsillo para comprobar si esta la tiene. Anoche se me olvidó cargarlo después de las llamadas que hice y tengo poca batería, así que debo ser rápido.

Entro en «Mapas» y «Vista de satélite», que te muestra el mundo entero desde arriba, como una foto, y no como trazos confusos. Es lo bastante preciso para saber en qué parte del campo estoy exactamente, y me lo indica con un círculo azul sobre el mapa.

Sigo la carretera que indica el mapa de la pantalla durante un rato y veo que, no muy lejos, la acera vuelve a desaparecer, tal como me imaginaba.

Arrugo la cara, porque tengo que cruzar la carretera, y prometí a mamá y papá en la nota que antes miraría a ambos lados, y es difícil hacerlo cuando vas andando por una. Además, no tengo alas para cruzarla volando como una paloma.

Guardo el teléfono en mi mochila y consulto el mapa de papel para ver si encuentro una ruta mejor, una de aquellas con líneas rojas. Las líneas pasan zigzagueando por granjas y casas, y van a parar donde yo quiero ir.

En la leyenda del mapa pone que dos centímetros del mapa equivalen a un kilómetro a escala real. Rosie me enseñó que cada cuadrado dibujado sobre el mapa mide dos por dos centímetros, es decir, que representa un kilómetro.

De aquí al lugar donde pone Dunton Mayfield en el mapa hay quince cuadrados, y una franja de líneas curvas que va de arriba abajo, así que puede que aún esté más lejos. No sé qué es lo más lejos que Rosie y yo hemos ido a través del prado que hay detrás de nuestra casa, pero diría que nunca había ido tan lejos a pie en mi vida.

Ahora solo necesito prepararme.

Es importante comer lo necesario, beber mucha agua y llevar la ropa apropiada para un viaje largo a pie. Sé que llevo la comida adecuada, porque he cogido un montón de barritas de semillas y frutos secos, que mamá y papá preparan especialmente para gente que sale de excursión. En el envoltorio de la barra de pasas aparece un ciclista, y en el de la de coco, una persona en la cima de una montaña.

Ahora es la una. Así que me como una barrita de frutos secos y el plátano, y bebo agua, y también le echo un poco de las dos cosas a la paloma.

De momento hace buen tiempo. Aunque unas nubes grises tapan el sol, no hace frío, de modo que no me hace falta el abrigo. Aun así, me pongo crema solar en la cara, porque una vez, en un día como este, papá se quemó la nariz y parecía un payaso.

Cuando ya estoy listo y me siento preparado, me cuelgo la brújula y los prismáticos del cuello y doblo el mapa para poder llevarlo en una sola mano. Miro al frente, al camino que me llevará al lugar exacto donde está Rosie. Pero de repente, me invade una sensación de miedo, como una descarga eléctrica en los huesos, y me entran ganas de volver con Lulu, aunque la haya perdido ya de vista.

Pero entonces me acuerdo de lo que Lulu me ha dicho, de que soy lo bastante listo para encontrar cualquier cosa. No sé..., puede que lo sea. Si soy capaz de saludar a una niña simpática, a lo mejor es verdad que puedo conseguir cualquier cosa.

Incluso encontrar a una hermana desaparecida.

Respiro hondo y me pongo a andar.

Los pájaros tienen que tomar pequeñas cantidades de aire cada segundo para poder cantar.

El primer cuadrado sobre el mapa va unido a una raya negra que atraviesa una mancha verde con símbolos de árboles, que, según el mapa, se llama Springy Wood. En la leyenda pone que una raya negra indica un sendero y, cuando llego, hay un poste que señala hacia unos árboles, tal como dice en el mapa.

SPRINGY WOOD

Este sendero es mucho más bonito que el que rodea el prado. Todavía está fangoso, pero es amplio, y en cada extremo hay contenedores para tirar la caca de perro.

Al principio, los árboles están plantados muy separados los unos de los otros, pero a medida que avanzo están más juntos y las ramas se entrecruzan a la altura de las copas, y tengo la sensación de estar en medio de un corrillo estratégico de fútbol.

Aquí está más oscuro, pero no me importa, porque a mi alrededor hay montones de pájaros. Aunque no veo ninguno, los oigo, y juntos suenan como una orquesta. Sigo andando, pero mis oídos intentan distinguir el canto de cada ave. Oigo un chochín. Porque, aunque son pequeños, cantan con fuerza y suenan casi como una ametralladora. Y cuando deja de trinar, oigo un pinzón que contesta con un estallido de notas que parecen goterones.

Y también me parece oír un jilguero, pero como suelen gorjear un poco, cuestan de identificar.

Cojo los prismáticos y ajusto el zoom en los árboles. Alcanzo a ver las alas de un mirlo y el destello amarillo de un carbonero común. Es como coleccionar objetos, solo que no puedo llevarme ninguno. Pero cuando vuelvo a casa, recopilo imágenes e historias de ellos en nuestro *Libro de los pájaros*.

La idea de escribirlo fue de Rosie. Lo usamos para mantener un registro de los pájaros que encontramos aquí y en otras partes del mundo. Y cada vez que lo consulto, revivo la emoción del momento en el que los avistamos, o pienso en los otros muchos que podría encontrar en el campo.

Y está claro que voy a añadir esta historia a las demás en cuanto llegue a casa.

Salgo del bosque de Springy Wood y voy a parar a un callejón detrás de unas casas. Tienen el jardín limpio y ordenado, no como la nuestra. Mamá solía pasar tiempo cuidando el jardín cuando yo era pequeño y ella todavía era contable. Solía llevarnos a Rosie y a mí al vivero, y allí nos dejaba escoger gnomos de jardín y jugar en las casetas. Pero ahora ninguno de los dos tiene tiempo para estas cosas.

En algunos jardines tienen colgados comederos para pájaros, lo que es una buena forma de avistarlos desde la ventana, y de ayudarlos en invierno. Veo a una señora mayor colgando la ropa en un tendedero junto a uno de esos comederos justo cuando un gorrión baja en picado, entra en él y se lleva unas semillas. La señora levanta la cabeza y me mira, y yo pienso en Lulu, y yo también la miro con una sonrisa amplia, y ella me la devuelve, aunque luego me doy cuenta de que la mujer llevaba en la mano unos pantalones, así que a lo mejor la situación era un poco incómoda.

Miro a ambos lados y espero a que pase un coche antes de cruzar la carretera a la que da el callejón, y entonces distingo una pasarela de madera que salva el cercado, junto a un poste torcido y una flecha amarilla que, según mi brújula, señala al noroeste, que es justo hacia donde yo quiero ir.

Una vez, Rosie me contó que se puede recorrer a pie el país entero siguiendo las flechas que hay en los caminos, y eso tiene que ser increíble. Cada vez que me lleva a dar una vuelta en su coche morado de asientos mullidos, miro por la ventanilla buscando las flechas, pensando hacia qué lugar señalarán. Y ahora sé que siempre han apuntado hacia mi hermana.

Subo de un salto al primer escalón de madera y paso por encima de la cerca. Me siento como un explorador intrépido hasta que me doy cuenta de que acabo de meterme en un campo lleno de vacas.

Me detengo en seco.

Delante de mí hay unas veinte vacas blancas y negras. Algunas están sentadas, pero otras están de pie, todas ellas mirándome. Son grandes y me hacen sentir pequeño, y me acuerdo de la vez que papá me llevó a pasear al poco de empezar el negocio con mamá y un toro casi nos mata a los dos.

Fue el verano pasado. A papá se le ocurrió que tenía que llevarme a pescar, como solía hacer su padre cuando él tenía mi edad. Algunos compañeros de clase salen a pescar, de modo que ya sabía que la mayoría de la gente va a una tienda especial a comprar gusanos para cebo. Pero papá dijo que eso era hacer trampa y que nosotros obtendríamos nuestro propio cebo de allí donde lo obtenía él cuando era pequeño: de una plasta de vaca.

A Rosie le pareció supergracioso imaginarme hundiendo la mano en una boñiga de vaca para buscar gusanos, así que decidió acompañarnos.

Salimos temprano, con el sol aún aplastado y emborronado de rojo en el cielo. Como Rosie y yo estamos acostumbrados a andar, íbamos delante, hablando del coro matutino de pájaros, mientras papá nos seguía con la lengua fuera. El coro sonaba como un único sonido y costaba distinguir a cada pájaro, pero en conjunto era precioso. Bueno, hasta que papá empezó a quejarse, diciéndole a Rosie que había conseguido convertir una salida a pescar en una de pájaros. Rosie le contestó de mala gana, como siempre, y fue un fastidio, porque con la discusión, el coro se fue apagando.

Al final llegamos al prado de vacas. Solo había una y se estaba despertando. Rosie se detuvo con un grito y agarró a papá por la manga.

—Eso es un toro, papá.

Papá levantó la vista, pero noté que seguía molesto porque no le hizo mucho caso.

—No pasa nada.

—Pero, papá...

—No te creas que lo sabes todo, Rosie —le soltó, con lo que llamó la atención del toro, que estaba en el centro del campo—. Llevo toda la vida haciendo esto.

Y pasó por encima del cercado, aun cuando no había pasarela, ni flecha amarilla que indicara que era un lugar seguro, y luego tiró de mí. Yo no apartaba la vista del toro, que parecía grande y malo. Aun así, papá tenía los labios apretados, lo que normalmente significa que tengo que callarme.

Me llevó hasta una boñiga de vaca y se agachó, se puso unos guantes de plástico y me dio otros a mí. Como por arte de magia, su enfado se volvió entusiasmo y empezó a dar pequeños botes.

–Mira cómo lo hago –dijo. Y levantó la plasta de vaca, y esto espantó a todas las moscas que había. Por debajo, la caca estaba húmeda y olía tan mal que tuve que taparme la nariz. Pero dentro había larvas y gusanos que se retorcían como si supieran que los habían encontrado.

Papá se rio y eso me hizo sonreír con satisfacción, porque nunca había visto a nadie tan ilusionado con una caca. Entonces hundió la mano en la bosta, sacó un gusano larguísimo y lo metió en una fiambrera.

Me volví hacia Rosie para saber si había visto lo largo que era el gusano, pero ella tenía la cara blanca como un fantasma y miraba hacia el centro del prado.

–Papá... –dijo casi sin voz.

Las arrugas de enfado volvieron a aparecer en la frente de papá, y dijo con un suspiro:

—Por favor, ¿te puedes...?

Pero en ese instante Rosie saltó la cerca y echó a correr hacia mí y cogió mis guantes de tocar caca y gritó:

—¡CORRED!

Y papá y yo nos dimos la vuelta a la vez y vimos que el toro venía como un demonio hacia nosotros, soltando grandes bocanadas de vaho, y el ruido era como el de una estampida de trenes. Avanzaba con la cabeza baja, apuntando los cuernos a nuestros pechos, y...

Echamos a correr a trompicones, gritando, con el corazón a mil. Rosie me agarró y me arrojó al otro lado de la cerca, de manera que caí de espaldas contra el suelo, y ella y papá corrieron a saltar detrás de mí justo cuando el toro frenó y soltó un bufido, más enfadado de lo que nunca había visto a papá.

Nos quedamos muchísimo rato tirados en el fango con los gusanos, hasta que papá dijo que era el momento de volver a casa. A la vuelta, fuimos los tres en silencio.

No llegamos a ir de pesca, y fue una lástima, porque seguro que habría visto aves preciosas cerca del río.

CURIOSIDAD SOBRE LOS PÁJAROS N.º 10

Se cree que las grajillas son uno de los pocos pájaros capaces de reconocer rostros humanos.

Acabo de subir los peldaños de madera para sortear el vallado y miro bien el mapa. Este es el único sendero que aparece, a menos que siga por la carretera y me equivoque y acabe en el sitio donde estaba. Y esta idea, la verdad, no me gusta nada, porque el tiempo corre y Rosie sigue desaparecida.

Según el mapa, debería cruzar el campo en diagonal y pasar por en medio de las vacas. Pero solo de pensarlo se me acelera el corazón, y está claro que me está volviendo a entrar el pánico.

Una grajilla desciende revoloteando y se posa sobre la cerca, no muy lejos de mí, y me mira de lado como para entender qué pasa.

–Creo que no soy capaz de pasar entre esas vacas, y no sé qué hacer –le digo–. Tengo que encontrar a Rosie.

Me grazna y echa a volar, cruza el prado hasta un árbol en el centro. Pero yo no puedo imitarla porque soy un niño humano y no tengo alas.

Me agarro a la valla y la aprieto con tanta fuerza que me hago daño con la madera. Me empiezo a marear y los ojos se me llenan de lágrimas. No quiero echarme a llorar, porque si las vacas me atacan, no las veré.

Abro el *Libro de los pájaros* para leerlo y tranquilizarme, como me enseñó mamá una vez que la llamaron de la escuela porque perdí el dinero del almuerzo y tuve un principio de ataque de pánico peor de lo habitual. Eso pasó cuando mamá y papá empezaron a preocuparse por el dinero. Los pensamientos acelerados y el dolor de

Grajilla

barriga que suelo tener en estos casos se convirtieron en una agitación agobiante en el pecho. Mamá se puso de rodillas delante de mí y me hizo coger el libro.

—Jasper, mira, vamos a distraer la mente con los pájaros, ¿vale?

Y ahora estoy leyendo las mismas curiosidades que leí ese día que mamá estaba conmigo en la secretaría de la escuela.

LAS GRAJILLAS

En una ocasión, un grupo de ladrones italianos entrenó a una grajilla para que robara dinero de cajeros automáticos. Las grajillas son buenas ladronas, porque son listas y les gusta robar cosas para acicalar sus nidos.

Mientras leo oigo un ruido detrás de mí. Una señora con el pelo canoso, vestida con un abrigo negro acampanado, se acerca a la pasarela de madera y apoya un bastón largo contra la valla.

—¿Estás bien, cielo?

Cierro el libro y me fijo en que lleva unas botas de agua sucias de fango.

Señala el mapa y me pregunta:

—¿Te has perdido?

Me entran ganas de taparme la cara y fingir que no está allí hasta que se haya ido. Pero entonces me acuerdo de Lulu y de lo que me ha dicho —que no me diera vergüenza saludarla—, así que levanto la cabeza, suelto un bufido y digo:

—No, ya sé dónde estoy. Y sé que tengo que llegar hasta aquí, al otro lado del prado, para encontrar a mi hermana. Lo que pasa es que, en medio, están las vacas.

La señora mira el mapa conmigo y suelta una fuerte carcajada echando la cabeza hacia atrás. Las vacas parecen más interesadas que nunca, y algunas incluso avanzan despacio hacia nosotros, así que me bajo de la pasarela de un salto.

—No tengas miedo —dice la señora—. Solo sienten curiosidad. A ti también te pasaría si una mujer extraña y un niño se echaran a reír delante de tu casa.

Vuelve a reír y yo me encojo un poco.

—¿Sabes qué? A mí los pájaros me daban un miedo horrible —me dice al fijarse en el título del libro que tengo entre las manos.

La miro de reojo.

—Pero si no dan nada de miedo —le digo.

Suelta otra carcajada, y pienso que seguramente es lo que hace siempre.

—Sé que era un poco ridículo, la verdad. Creo que tenía miedo de que se me echaran a la cara.

Le digo que no con la cabeza.

—Las aves no suelen hacer eso.

—¡Ya lo sé! —exclama—. ¿Y sabes qué hice? Me compré un periquito y lo tuve quince años conmigo. Acabó siendo mi mejor amigo y conseguí superar del todo el miedo. Fuimos «la buena de Madge y *Birdy*» hasta el día que murió.

Rasco la madera de la cerca y le digo:

—Siento lo de tu periquito, Madge. Pero yo no tengo espacio en casa para meter una vaca.

—No, claro —responde Madge con una sonrisa—, ya me imagino. —Y señala el prado con el bastón—. Pero yo sí. Son mis vacas lecheras. Las alimenté con mis propias manos a todas cuando eran crías, y a la mayoría de sus madres también.

Levanto las cejas y vuelvo a mirar las vacas. Nunca se me había ocurrido que las vacas podían ser de alguien. Las veía como unos animales enormes que obstruían el paso cuando salía de excursión con Rosie. Aunque el episodio del toro a ella nunca le afectó, porque entraba en cualquier prado tan ancha y seguía el sendero entre las vacas como si no estuvieran allí, mientras que yo me lo pensaba dos veces.

«¡Vamos, Jasper! ¡Que tú puedes!», me gritaba desde el otro lado de la cerca.

Pero al final me rendía y terminaba marchándome a casa. Aunque en este caso creo que no tengo alternativa.

Apretando con fuerza el libro, le pido a Madge en voz baja:

—Por favor, ¿puedes apartarlas? Mi hermana está esperando a que la encuentre.

Madge mira más allá del campo como si pudiera ver a Rosie esperándome al otro lado.

—Es tu hermana mayor, ¿verdad? Mira, ¿qué te parece si hacemos un trato?: yo cruzaré contigo el prado si tú saludas a mi vaca preferida. Se llama *Calcetines Pardos*. Es igual de simpática que un perro.

No me apetece nada meterme en el prado con las vacas, pero no tengo más remedio. Aunque la verdad es que es mejor cruzarlo con una persona que está acostumbrada que hacerlo solo.

Le digo que sí a Madge con la cabeza y ella me sonríe con amabilidad.

–Vale. Hay que tener en cuenta unas normas para entrar en un prado de vacas. Te diré en qué consisten.

NORMAS DE MADGE PARA ENTRAR EN UN PRADO DE VACAS

1. No corras bajo ningún concepto. A las vacas les encantan las persecuciones, y si tropiezas y caes, les cuesta frenar. Así que pasa despacio, tranquilo y con pie firme.

2. Si ves una vaca con un ternero, no te acerques. Algunas madres reaccionan mal si creen que la cría corre peligro. Así que pasa por

otra parte o mantén una cierta
distancia.

3. Si no las tienes todas contigo,
ve por el borde del prado. Así,
¡siempre puedes saltar a un seto si
hace falta!

Repaso mentalmente las normas varias veces y aprieto
la mandíbula.

Madge agita en el aire el bastón.

—Y no te preocupes, porque vas a entrar en el prado
con la granjera. Si alguna que otra se pasa de cotilla, le
gritaré «¡Bu!» y se irá corriendo, que son muy asusta-
dizas.

Sube de un salto a la pasarela de madera y me ayuda
a cruzar la cerca. Tiene la piel de la mano rasposa y seca,
pero no la suelto, ni cuando volvemos a pisar la hierba.

—Venga, vamos —dice con alegría—. Poco a poco y con
calma.

Y nos dirigimos hacia las vacas. A medida que nos
acercamos, dejan de comer hierba y levantan la cabe-

za para mirarnos. Mueven las colas, que están llenas de moscas, y no sé si es que están molestas o si tienen intención de atacar, porque es justamente lo que hace mi gata *Fish* cuando se enfada. Cada vez que una se mueve, doy un respingo, y Madge me aprieta un poco la mano.

Me fijo en una vaca blanca con manchas que avanza lentamente hacia nosotros. Tiro de la mano de Madge.

–No pasa nada –dice–. Unas son más curiosas que otras. Supongo que pasa igual con los pájaros, ¿no? A *Birdy* le gustaba mucho ponerse encima de mi hombro, pero otras aves echan a volar en cuanto te ven.

En ese instante decido que Madge me cae muy bien.

–Los petirrojos son muy curiosos. Siguen a las personas y otros animales grandes, como los ciervos, porque son una pista para encontrar comida.

Cada vez tengo menos miedo. La mayoría de las vacas se quedan quietas donde están cuando pasamos, y algunas se ponen a masticar otra vez, como si ya estuvieran aburridas de mirarnos.

–Mírala –dice Madge–. Esa es *Calcetines Pardos*.

Levanto la cabeza y veo una vaca enorme que viene derecha hacia nosotros. Entonces vuelvo a perder la confianza que había ganado.

—Es muy cariñosa y simpática —me explica Madge—. Acude a saludarme siempre que puede, ¿verdad que sí, bonita? —Le tiende la mano, y la vaca mueve la cabeza arriba y abajo, empujándola contra la palma de Madge, intentando lamerle los dedos.

Me fijo en que tiene unas manchas marrones que van de las pezuñas a las patas, como si llevara calcetines.

—¿Te gustaría acariciarla? Le gusta mucho que le rasquen aquí. —Madge le hace cosquillas en la frente.

Miro alrededor. Quiero seguir avanzando y salir cuanto antes del prado para dejar de sentirme tan tenso. Pero *Calcetines Pardos* me mira y ahora la tengo al lado y no se mueve, pero tampoco tengo tanto miedo como hace unos momentos, lo cual no tiene mucho sentido, así que pienso que a lo mejor es que me he vuelto más valiente.

Respiro hondo y extiendo la mano.

Calcetines Pardos me olisquea y me llena los dedos de moco de vaca. Casi no alcanzo a tocarle la frente, así que le rasco entre los ojos. Su pelaje tiene la textura de mi pelo cuando llevo días sin lavármelo. Y sonrío.

Madge se ríe y le da otros golpecitos a *Calcetines Pardos*, y yo diría que la vaca está encantada con toda esta atención.

–¿Sabes? A este prado yo lo llamo el «campo de los objetos perdidos». Aquí he perdido toda clase de cosas a lo largo de los años: un collar, unos auriculares, y hasta uno de mis bastones. Aunque la más importante fue el anillo de identificación de *Birdy*. Lo llevaba alrededor de la patita, igual que estas vacas llevan aretes en las orejas. Cuando *Birdy* se murió, yo siempre llevaba el anillo en el bolsillo para acordarme de él. Pero ahora está oculto en algún lugar de este prado.

Dirige la mirada a la hierba que nos rodea como si el anillo fuera a aparecer de pronto. *Calcetines Pardos* se agacha y se pone a lamer la parte baja de mi jersey hasta ponerme perdido de saliva de vaca. Me río y la aparto.

Madge me da un empujoncito con el codo.

–Y parece que tú también has perdido algo en este campo, Jasper.

La miro y me sonríe.

–El miedo.

Me da vergüenza que sepa que estaba asustado, pero también me gusta la idea de que el miedo pueda perderse igual que se pierde un anillo.

–Siento que perdieras algo que para ti era tan importante –le digo, acordándome del ruiseñor.

Madge suspira, se despide de *Calcetines Pardos* dándole unos golpecitos y me lleva hasta el árbol en medio del prado.

—Yo también lo siento. Lo gracioso es que seguramente *Birdy* habría sido capaz de encontrarlo, porque era muy hábil avistando objetos brillantes.

Asiento con la cabeza.

—Muchos pájaros lo son —digo—. Sobre todo las urracas y las grajillas. —El corazón me da un vuelco—. ¡Madge, una grajilla tiene el nido en este árbol!

Madge pone cara de extrañada y sonríe al verme tan contento, y veo que no lo ha entendido. Así que abro el *Libro de los pájaros* y le cuento la historia.

La semana antes de que Rosie se marchara a la universidad, en septiembre, mamá se pasó varios días separando sus cosas en dos montones: las que se quedaban en casa y las que iban a la universidad. Pero por lo visto Rosie no quería llevarse nada de lo que iba a la universidad. Ni ella misma quería irse.

—A lo mejor tendría que quedarme —dijo Rosie mientras rebuscaba en su cajón de las plumas–. Además, el coche hace un ruido raro y he perdido las llaves. Me quedaré aquí, con Jasper.

Mi corazón dio un vuelco y una voltereta al oírlo, pero mamá se apretó los ojos.

–Rosie, sé que te inquieta irte de casa, pero te prometo, cariño, que todo va a ir bien. Vamos a ver, ¿puedes superar tus miedos de una vez y hacer un esfuerzo por encontrar las llaves del coche? Tengo que empaquetar todo esto antes de la Gran Reunión.

Hacía semanas que mamá y papá no hablaban de otra cosa que de la Gran Reunión de mamá. En esta se decidiría si obtendríamos dinero suficiente para poder seguir viviendo en nuestra casa, de modo que era algo importante de verdad. Pero la reunión coincidía con el día que mamá tenía que llevar a Rosie a la universidad.

Se notaba que a mamá le sabía muy mal no poder llevar a Rosie y ayudarla con la mudanza a la residencia de estudiantes. Tenía los ojos rojos e intentaba no mirar a nadie. Y por mucho que Rosie hubiera dicho «No pasa nada» y «De todas formas, tampoco necesito ayuda», creo que también estaba un poco disgustada.

Cuando mamá salió a meter las cajas en el coche de Rosie, mi hermana se acercó a la ventana.

—Ahora sabrá lo que es superar los miedos —murmuró. Abrió la ventana de un empujón, apoyó los pies desnudos sobre el marco, se agachó para salir y se puso de pie sobre el alféizar, agarrándose al alero del tejado.

Me asusté mucho y corrí a cogerla por las piernas.

—Pero ¿qué haces? —le dije en voz baja—. ¡Te vas a caer!

Me miró desde arriba.

—Vamos..., supera tus miedos, Jasper. Ven. Sal conmigo.

Dio una patada para soltarse de mí y, en un instante, ya estaba trepando.

Me asomé a la ventana, hacia el deslumbrante cielo azul sobre el tejado, y la vi encaramándose a las tejas, que crujían al pisarlas. Y entonces miré hacia abajo: a un piso de altura estaba nuestro jardín desaliñado. Fue como si mi cerebro se echara a temblar, como cuando te castañean los dientes, porque si Rosie se caía, no sabía volar.

—¡Vamos, ven! —me gritó desde el tejado.

Me agarré al marco de la ventana y apoyé un pie sobre el alféizar, pero el mundo entero me decía «No lo hagas, Jasper» y «Te harás daño», y entonces mi cuerpo entero se echó a temblar.

–¡Rosie! –grité.

–Tienes que superar tus miedos si quieres encontrar pájaros, Jasper –la oí gritar desde muy arriba. Además, yo quería ser valiente, quería subir con ella. Pero no era capaz. Así que volví a entrar y, cuando me fui a dar cuenta, ya estaba corriendo escaleras abajo hacia el coche, donde estaba mamá, enrojecida y sudada de cargar cajas en los mullidos asientos de atrás.

–Jasper, ve...

–¡Rosie se ha subido al tejado! –grité.

Mamá se quedó blanca. Y corriendo, rodeando los matorrales, fue a la parte de atrás de la casa. Rosie estaba con la cabeza metida en la chimenea.

–¡Baja ahora mismo! –gritó mamá, temblando como si ella misma hubiera trepado desde la ventana.

Rosie sacó la cabeza, y sonreía.

–¡Mira, mamá, he encontrado el nido de una grajilla!

Mamá hervía como la leche caliente y hablaba como si tuviera espuma en la boca.

–¡Rosie! Rosie..., baja. Baja ahora mismo o te..., te...

Pero Rosie no bajaba. Se quedó a observar la grajilla en el tejado, y el pánico de mamá empezó a afectar al mío y, en cuestión de nada, empezó a faltarme el aire y empecé a ver manchitas.

Era como si me hundiera en un océano profundo y negro y lo único a lo que agarrarme fuera la mano de mamá.

–¡Jasper! Jasper, no pasa nada, no pasa nada... Estoy aquí –decía mamá, en medio de la tormenta.

Y Rosie lo oyó. Y antes de que mamá o yo nos diéramos cuenta, ya estaba en el jardín con nosotros, sana y salva, en cuclillas delante de mí, agitando las llaves del coche en el aire.

–Oye..., Jasper. No te preocupes. He encontrado las llaves. Seguramente las había robado la grajilla.

Y oí a mamá burlarse, diciendo que una grajilla en la vida sería capaz de llevarse unas llaves a un lugar tan alto, pero esa explicación me tranquilizó como si bajara de mi propio tejado hasta el suelo, y recuperé la respiración normal.

No sé si Rosie realmente encontró las llaves del coche en el nido, o si las tenía en el bolsillo en todo momento. Pero fuera lo que fuese que encontrara en el tejado, le infundió suficiente valor para arrancar el coche y marcharse.

CURIOSIDAD SOBRE LOS PÁJAROS N.º 11

Aunque las grajillas se agrupan en bandadas, permanecen junto a la misma pareja toda su vida.

Cierro el libro. Es raro que haya sido capaz de leer la historia entera en voz alta, porque me suelo poner muy nervioso cuando leo en clase, y eso que conozco mejor a mis compañeros que a Madge. Tal vez el campo me haya ayudado a superar del todo mis miedos.

Miro a Madge y veo que tiene la mano sobre el corazón.

–¡Madre mía! Hiciste muy bien en no saltar de la ventana, cielo. Igual me equivocaba y tampoco está tan mal tener un poco de miedo, ¿no crees?

Le digo que no con la cabeza.

–No fue un acto de valentía. Pero eso da igual. ¿No lo ves, Madge?: las grajillas roban objetos para sus nidos. –Observo la copa del árbol–. Y en este árbol, una grajilla ha hecho el suyo. ¿La oyes?

Nos quedamos en silencio hasta que oímos un graznido en las ramas altas.

–Si el anillo de *Birdy* está ahí arriba, nunca lo recuperaré –suspira Madge.

Le sonrío con un poco de vergüenza.

–Rosie y yo siempre nos subimos a los árboles –le digo–. Yo lo puedo recuperar.

Le doy la mochila y el libro a Madge, y ella mueve la cabeza.

–No sé si deberías seguir el ejemplo de tu hermana, cielo; es un tanto atrevida, ¿no?

Se me revuelve un poco el estómago, pero sacudo la cabeza hasta que se me pasa.

–Rosie es valiente, y hay que ser valiente para poder

encontrar cosas. –Miro hacia las ramas altas–. Uno tiene que hacer cuanto está en sus manos.

Doy un salto para agarrarme a la rama más baja y la rodeo con las piernas.

–De verdad, no creo que debas... –dice Madge nerviosa.

Y le demuestro que no pasa nada subiéndome a la rama y agachándome. Me quito el polvo de las manos y me agarro a la siguiente rama. Y a la siguiente. El árbol casi es como una escalera. En el centro de este árbol no hay un banco de madera como en el de casa, pero cuanto más alto subo, más tengo la sensación de que estoy allí otra vez con Rosie, escuchando al ruiseñor.

Miro a través del árbol: el cielo parece un estanque de nubes rasgadas que tapan la superficie. Veo pájaros que vuelan y un avión y su estela, y es como si hubiera entrado en un cuadro.

Miro hacia arriba y veo un agujero en el árbol, unas pocas ramas más arriba.

–¡Ten cuidado! –grita Madge.

Y tengo cuidado.

Las ramas son cada vez más delgadas y tengo que tener especial cuidado para no engancharme en ellas y asegurar el pie en un lugar firme.

Al fin, llego. Y aunque estoy sin aliento por el esfuerzo de trepar, sonrío de felicidad cuando veo salir de un agujero a la grajilla, revoloteando, un poco alarmada por mi presencia.

La miro a los pequeños ojos azabache. Aún es más bonita desde aquí arriba, donde el sol casi le abrasa las plumas. Me asomo al agujero. En el nido hay cuatro huevos con manchitas y, de pronto, siento una punzada de culpa por molestarlos. De lo que no hablo en la historia del *Libro de los pájaros* es de lo mal que se sintió Rosie después de subirse al tejado. Se sintió mal por provocarme el peor estado de pánico de mi vida, y por perturbar a la grajilla en su nido de la chimenea, aunque fuera sin querer, debido a la emoción de haberlo descubierto. A veces se me olvida contar las partes malas de una historia, porque me gusta recordar solamente las buenas con final feliz. Pero la realidad es que perturbar el nido de un ave es ilegal, aparte de que no está nada bien.

Me muerdo el labio. Quiero ayudar a Madge, pero no quiero hacerle daño a la grajilla ni estropear su nido. Vuelvo a mirar el nido, y veo unas cuantas cosas:

Una pluma de la cola de un faisán
Un collar de plata

Unos auriculares enredados
Un envoltorio de chuche
Un anillo identificador de aves de color verde

Se me acelera el corazón. Sería muy fácil coger el anillo para que Madge vuelva a estar contenta. De hecho, no creo que a la grajilla le importara mucho, porque no es un objeto suave ni cálido.

Miro a la grajilla, que a su vez me mira como si fuera a quitarle los huevos. De repente quiero bajar del árbol. Porque la verdad es que lo único por lo que a Rosie y a mí nos gusta buscar pájaros es para ayudarlos a estar a salvo. A veces, con la emoción de encontrarlos, se nos olvida.

Me apresuro a alejarme del nido para que la grajilla pueda volver a entrar a ver si los huevos están bien.

Le pido perdón antes de bajar, y Madge se ríe muy fuerte cuando le cuento que he encontrado el anillo de *Birdy*, pero que lo he dejado en el nido.

–Has hecho lo que tenías que hacer. Le tenía apego al anillo solo porque era de *Birdy*. Pero los recuerdos los llevo todos aquí –dice, dándose unos toquecitos en la sien.

Aun así, me siento mal.

—Te he dicho que lo encontraría.

—Pero, Jasper, ¡si lo has encontrado! Y ahora sabré exactamente dónde está cada vez que entre en el prado, y es gracias a ti. Pero no hay nada más importante que la salud y el bienestar, no lo olvides.

Asiento con la cabeza. Igualmente, quiero ayudar a Madge, porque ella me ha ayudado, así que me agacho para coger, oculta entre la hierba, una pluma de grajilla de color negro profundo.

—Sé que no es de *Birdy*, pero es de la grajilla —digo—. No creo que le importe que te la quedes.

Sonríe y estrecha la pluma contra su pecho.

Cuando llegamos al otro extremo del cercado, Madge me mira atentamente.

—¿Está muy lejos tu hermana? Habéis quedado en encontraros, ¿no? Porque no sé si deberías andar por ahí tu solo.

Quiero esquivar la pregunta, pero Madge se ha portado muy bien conmigo. Aunque también sé que muchos adultos no entienden que Rosie y yo nos las arreglamos bien por nuestra cuenta, así que procuro escoger bien mis palabras para no mentirle del todo.

—No te preocupes... Rosie y yo salimos de excursión muchas veces. Tiene dieciocho años, ya es adulta.

Madge no parece muy convencida.

–Pero os vais a encontrar en un rato, ¿no?

En este caso no tengo por qué mentirle.

–¡Nos vamos a encontrar en nada! –exclamo con una sonrisa–. Gracias por todo, Madge.

–¡Ten cuidado! –grita, a medida que me alejo.

La verdad es que me alegro de haber salido en busca de Rosie, ahora que he demostrado lo bien que se me da encontrar cosas. Primero, *Buster*, luego el anillo de *Birdy*, y, dentro de nada, volveré a estar en casa escuchando al ruiseñor con mi hermana en el árbol, y todo habrá vuelto a la normalidad. Sé que será así.

Miro el reloj y veo que ya son las tres. No sé cómo pasa tan rápido el tiempo, pero me empieza a preocupar no llegar a la estación de servicio antes de que se ponga el sol. Y la idea de que Rosie esté allí sola de noche es angustiosa.

Pero al pensar en esto me surgen preguntas. Como, por ejemplo, ¿cómo ha pasado allí cada noche de la semana pasada?, o ¿por qué tiene el móvil apagado si normalmente lo tiene encendido? Con estas dudas vuelvo a agobiarme, ahora que iba tan bien y había superado mis miedos. Así que las empujo todo lo que puedo, hasta lo más profundo de mi mente, y decido sacar el teléfono.

Casi se ha agotado la batería y tengo un montón de llamadas perdidas de mamá, lo cual seguramente no ha ayudado. Busco deprisa en Google «¿A qué hora se pondrá el sol hoy?», antes de que el móvil se apague del todo.

Según los resultados, no se pondrá hasta las 20.42, así que tengo tiempo de sobra. Pero de pronto, en la pantalla aparece el símbolo de una batería vacía, y se apaga antes de haber podido escuchar los mensajes de mamá. Aunque en el fondo me alegro.

Seguramente se ha enfadado porque he cogido las diez libras para el autobús, o porque no le he dicho que me iba. Solo eso. Además, en realidad no es culpa mía. Si no hubieran cerrado la puerta del estudio, o si me hubieran prestado atención cuando necesitaba decirles algo importante, a lo mejor podrían haberme acompañado. Incluso haberme llevado en coche, y así no habría cogido el dinero para el autobús, ni habría venido a pie hasta aquí.

Rosie siempre se enfada con ellos porque no paran de trabajar. Cuando viene a casa, les reprocha a gritos que no se ocupen de mí lo suficiente, y ellos le contestan también a gritos que, con sus palabras, «me envenena contra ellos». Todo esto me cansa. A veces es mejor que mamá y papá se encierren en su estudio y se olviden de nosotros. Rosie siempre me presta ayuda cuando la necesito y me escucha. Y ahora que ella me necesita, yo la ayudaré.

La encontraré.

Sigo andando. El camino se vuelve empinado, y tengo que poner las manos sobre las rodillas para darme impulso. Llego arriba resoplando como una máquina. Aunque las vistas son bonitas. A un lado de la colina se extiende un campo de vivas flores amarillas que parece estar en llamas. Y por el otro pasa la carretera que habría seguido con el autobús y, más allá, hay un mosaico de campos que terminan en una línea azul que creo que es el mar.

Una gaviota vuela justo encima de mí, casi sin mover las alas.

Una vez Rosie me contó que las aves pueden volar sirviéndose de «corrientes termales», que es como un viento que sube y baja. Debe de ser como vivir sobre una montaña rusa invisible que solo ves tú, y donde tú controlas qué partes van hacia arriba y cuáles van hacia abajo o cuáles dan un giro completo.

Miro al cielo y levanto las manos al aire para imaginarme que vuelo con ellas. Y entre las plumas de mis dedos creo que noto las corrientes térmicas elevándome al firmamento. Me hace sentir que podría estar donde quisiera o ser lo que quisiera. Y en el fondo sé qué quiero ser y adónde quiero ir, y es con Rosie.

Si la quiero ver, solo tengo que seguir volando.

Las aves tienen los huesos huecos, lo cual facilita el vuelo.

He recorrido varios kilómetros.

He cruzado el campo de flores amarillas, que me ha provocado un picor en la nariz y me ha hecho llorar los ojos. Me he abierto paso por un camino ecuestre lleno de zarzas que me han arañado la ropa. Y he dado la vuelta corriendo a un campo de fútbol, porque he visto un faisán como el que ha atropellado el autobús y quería comprobar que estaba bien. Se ha puesto un poco nervioso porque lo he seguido, pero estaba sano y salvo.

Ahora me aprietan las botas y los talones me duelen como si un cangrejo me los pellizcara. Las nubes también han empezado a agruparse y parecen enfadadas, así que me pongo el abrigo y sigo caminando lo más rápido que puedo por los senderos, hasta que tengo la espalda sudada y la mochila me pesa más, y eso que ya me he bebido toda el agua que llevaba.

Salto una verja y voy a parar a un pueblecito que, según el mapa, se llama Scatterton. Me alegra ver tiendas y gente después de andar tantos kilómetros a solas. Hay bastante tráfico en la calle y la gente aparca en la acera para entrar un momento en la oficina de correos o para comprar pescado y patatas fritas en una tienda.

Las patatas huelen de maravilla. Tanto que, después de mirar a ambos lados, cruzo la calle y pego la cara al escaparate. El estómago me gruñe. La cola casi llega hasta la puerta. Sobre todo hay hombres mirando el móvil o el escaparate de la tienda para ver los distintos tipos de pescado, salchichas y pasteles que venden.

Un hombre sale con una bandeja de poliespán abierta, llena de patatas fritas y con un tenedor de madera encima, y tienen muy buena pinta. Rosie diría que tienen el punto perfecto, entre crujientes y aceitosas, un equilibrio óptimo, difícil de conseguir.

Aún me quedan seis libras en el bolsillo. Quiero entrar a preguntar cuántas patatas podría comprar, pero debería guardar el dinero para cuando me encuentre con Rosie en la estación de servicio. Me gustaría comprarle unas patatas para pedirle perdón por tardar tanto en llegar. En la mochila tengo todavía dos barritas de semillas y frutos secos y otra de chocolate, aunque se me ha acabado el agua, lo cual probablemente no sea nada bueno.

Me alejo del escaparate y del olor a patatas fritas y me dirijo a la oficina de correos, que está al lado. Pone que cierran a las cinco y media, y ahora son las cinco y veinticinco. Hay poca gente en la cola, así que entro un momento a mirar qué bebidas tienen en la nevera del rincón. Quiero comprar una botella grande de agua, pero ¡es que cuesta dos libras! Veo que hay un brik de zumo que vale noventa peniques; así que lo compro en vez del agua y voy al mostrador a pagarlo.

–¿Tienes algo por diez peniques? –pregunto, dándole a la señora de la caja una moneda de una libra.

Me dice que no con la cabeza y me devuelve el cambio. Es lo que hay. Por lo menos tengo algo para aplacar la sed.

Abro la puerta para salir y me detengo. Se ha puesto a llover. Me aparto a un lado y me pongo la mochila delante para poder cerrar la cremallera del abrigo y taparla. No tengo nada para no mojarme las piernas, y no sé si esto me dará problemas.

Vuelvo a entrar en la oficina de correos y me siento en un rincón al lado de los sobres, y me tomo el zumo. Me recuerda a los briks que te dan en la escuela, que ahora parece que esté a un millón de kilómetros de aquí. Pero sentado en un rincón estoy cómodo, porque lo hago muchas veces.

No es que no tenga amigos en la escuela. Juego a fútbol a la hora del recreo, y soy bastante bueno, porque he marcado un montón de goles. Pero cuando volvemos a entrar en clase parece que todo el mundo tenga un grupo de mejores amigos, y yo no encajo en ninguno. Cuando les hablo, me preocupa que no me entiendan. Que no me entiendan como me entiende Rosie. Sé que a ninguno de ellos les gustan los pájaros ni la vida animal tanto como a mí. Así que suelo acabar quedándome solo, porque así es todo más fácil.

Mientras me tomo el zumo a sorbos pienso en el consejo que me ha dado Lulu de que no me dé vergüenza saludar. Hoy he conseguido hablar más de lo que suelo hacerlo, con ella y con Madge. Quizá si me armara de valor y hablara con más gente de mi clase, descubriría que, al fin y al cabo, podrían ser amigos míos, como espero que Lulu y Madge lo sean.

El último cliente sale de la oficina de correos y, cuando la mujer de la caja se acerca a la puerta y me ve, da un respingo.

–Pero ¿qué...? Venga, fuera, que cerramos.

–Es que llueve –le digo, poniéndome de pie.

–Pues tendrías que haberte gastado el dinero en un paraguas, ¿no te parece?

Abre la puerta para que salga, y ahora puedo oír el agua caer con fuerza. Le quiero decir que ahí pone que los paraguas valen ocho libras, y que yo no llevo suficiente dinero encima. O que si se molestara en escuchar a los demás, haría más amigos.

Pero no lo hago porque parece enfadada conmigo. Así que me pongo la capucha, agacho la cabeza y salgo a la lluvia para seguir el camino hasta el siguiente prado.

La mayoría de las aves son impermeables gracias a los aceites naturales que recubren sus plumas.

Cuando llueve tanto como ahora, muchos pájaros buscan cobijo en arbustos o árboles, y se acurrucan y esperan quietos hasta que para.

Yo no puedo hacerlo porque tengo que encontrar a Rosie, así que sigo andando.

Una vez Rosie me habló de algo llamado «hipotermia», que sucede cuando el cuerpo pierde todo el calor y te entra mucho frío. Me lo contó porque le ha pasado a gente que sale de aventura, como ella y yo, y hay que tener cuidado. Así que meto las manos en los bolsillos, con el abrigo bien cerrado, y pienso que, en cuanto encuentre un sitio seco, me cambiaré los calcetines.

Rodeo los edificios enormes de una granja para ver si puedo colarme en alguno, pero están llenos de cerdos que hacen unos ruidos como si fueran extraterrestres. Según el mapa, que está empapado, tengo que pasar entre dos grandes cobertizos. Pero ahora el camino se ha convertido en un río.

La primera vez que salimos de aventura, Rosie me explicó que es muy importante no apartarse del camino señalado en el mapa para no meterse en una propiedad privada o hacer algo ilegal sin querer. Pero llueve y hace frío, y los cerdos me están poniendo cada vez más nervioso, así que doy la vuelta y cruzo a todo correr por en medio de un granero lleno de bloques de paja apilados hasta el techo. Voy deprisa, procurando mantener la cabeza gacha, pero el viento ruge a través de un agujero del techo y parece que el granjero me estuviera gritando como si yo fuera un delincuente.

No paro de correr y, aunque todavía falta mucho para que se ponga el sol, está bastante oscuro y noto que el pánico va a más.

No puedo leer el *Libro de los pájaros* para sentirme mejor porque las páginas se mojarían. Pero sí que puedo recordar la última historia que escribí, cuando Rosie volvió de la universidad la última vez y me habló de un cuervo que se posó en su coche antes de que ella se subiese.

Me describió sus plumas negras como el petróleo y sus ojitos brillantes, y me pareció increíble que se hubiera acercado tanto, pero entonces me dijo que era que estaba muerto. Tenía las alas dobladas en ángulos extraños y no respiraba, y Rosie supuso que había caído de un árbol durante la noche y había muerto.

–No me gusta esta historia –dije en voz baja.

Rosie dejó de describir el cuerpecito del cuervo y me rodeó con el brazo en el sofá.

–Pero es parte del ciclo vital, Jasper. Si todos los cuervos vivieran eternamente, no tendrían suficientes insectos para comer, ¿no? Además, el cuerpo del cuervo no se desaprovechará: contribuirá a alimentar a cientos y cientos de insectos.

Sus ojos brillaban y sonreían, pero yo me escurrí de su abrazo.

—Pero los cuervos no son como las larvas, Rosie. Las larvas son asquerosas y los cuervos son hermosos y mágicos.

Rosie se encogió de hombros.

—Toda forma de vida es vida, Jasper. Que una criatura sea pequeña no significa que tenga menos derecho a vivir. Las larvas se convertirán en moscas, que mantendrán con vida a otros pájaros, y puede que a esos pájaros se los coman otros animales, y ha sido así durante millones de años.

Esta historia no me gusta mucho, no sé por qué he pensado en ella ahora. Me limpio el agua de lluvia de los ojos e intento pensar en la vez que Rosie y yo nos subimos al árbol de casa y, cogidos de la mano, escuchamos juntos el canto del ruiseñor. Recuerdo que no solo oía, sino que veía las notas estallar ante mis ojos como si fueran fuegos artificiales y restallar sobre mi piel como si contuvieran una canción propia a punto de explotar y dejar el mundo entero en silencio. Pero es difícil recordarlo cuando todo lo que oigo, siento y veo ahora es lluvia.

Por fin, la granja queda lejos y llego hasta un arroyo de aguas que chapotean contra rocas afiladas, y lo sigo. Pasa por la parte trasera de unos jardines largos y estrechos, paralelos al camino. Me resulta incómodo entrar en el jardín de un desconocido, pero con la lluvia no puedo estar pendiente cada dos por tres de si he entrado en una propiedad privada.

Entonces algo en el cielo retumba con un ruido grave y gutural, como un pájaro carpintero que hiciera vibrar el cielo con un enorme destello, y me quedo paralizado.

Al otro lado del arroyo hay un árbol, pero todo el mundo sabe que el espacio debajo de un árbol es el peor lugar para resguardarse durante una tormenta, porque podría caerte un rayo encima. Así que echo a correr y me meto en uno de los jardines. El agua de lluvia golpetea contra la capucha y gotea de mi nariz y salpica a cada paso que doy sobre la hierba. No paro de correr hasta que veo un cobertizo. Deseando con todas mis fuerzas que no esté cerrado con llave, pongo la mano sobre el pomo y, al girarlo, la puerta se abre.

Al entrar a toda prisa, tropiezo con una pala, que cae sobre una pila de macetas, y me caigo con ellas al suelo y me hago bastante daño. Y creo que es la lluvia y el daño que me he hecho al caerme, y también el alivio de estar a salvo de la tormenta..., pero no puedo evitarlo.

Me acurruco en un rincón del cobertizo y me echo a llorar.

El agua ayuda a mantener el cuerpo de las aves fresco por fuera y por dentro.

No para de llover. Y el sol no tarda en ponerse y todo se vuelve oscuro de verdad.

Cuanto más tarde es, más preocupado estoy. Hace horas que tendría que haber encontrado a Rosie, pero ahora soy yo el que se ha perdido, y estoy en un lugar que no conozco. No puedo rendirme y volver a casa porque entonces puede que nunca encuentre a Rosie y eso es impensable. Pero tampoco puedo pasarme la noche andando con la tormenta que está cayendo.

Me subo a una mesa de un rincón del cobertizo y, a través de una ventana pequeña y alta, veo una casa oscura al fondo del jardín. A lo mejor ahí hay alguien que podría ayudarme, pero la idea de llamar a la puerta da más miedo que la de que me caiga un rayo encima.

Me bajo de la mesa y miro a mi alrededor. Al menos aquí estoy calentito y a salvo. Si no le doy muchas vueltas, es casi como acampar, y eso sé hacerlo gracias a todas las veces que Rosie me ha llevado de acampada en el jardín.

Utilizo la linterna de manivela para alumbrarme y me quito las prendas húmedas y, para que se sequen, las cuelgo sobre un rastrillo y una pala que encuentro por el cobertizo. Papá tenía razón: siempre es útil llevar una toalla. Sienta bien ponerse unos calcetines secos, y dentro de un cubo encuentro un jersey que huele a viejo y que probablemente tiene alguna araña, pero cuando me lo pongo es caliente y me llega casi a las rodillas.

Me como una de las barritas de semillas y frutos secos, y luego la otra. Iba a guardar la barrita de galleta y chocolate para una emergencia, pero todavía tengo hambre y estoy disgustado, así que también me la como.

Antes, cuando me disgustaba, mamá se sentaba en mi cama y me acariciaba el pelo hasta que me dormía. A veces, hasta mirábamos dibujos animados en su móvil. Y papá me traía la cena a la habitación y comíamos los tres juntos en la cama.

Pero ahora solo trabajan, a pesar de que la Gran Reunión de mamá fue bien y salvaron la casa y ya no deberían tener que trabajar tanto. Siguen cenando todas las noches en el estudio, mientras atienden el teléfono, y dejan mi cena fuera con una nota en la que pone «Lo siento» o «Solo esta noche». Pero no es cierto.

Antes de que empezaran su propio negocio no eran así. Me acuerdo del día que Rosie cumplió los dieciséis: pasamos juntos el día entero y fue como vivir en una postal de Navidad en la que todo era perfecto.

Lo único que pidió Rosie para su cumple ese año fue una caseta para observar animales en estado salvaje. Habíamos visto unas en el Centro para la Conservación de la Vida Salvaje en una de nuestras salidas: eran como casillas con un banco largo y una ventana, desde donde se podían observar aves sin que ellas te vieran. Nos parecieron geniales, porque algunos animales, como los pájaros, a veces se ponen nerviosos si se sienten observados, de manera que, con las casetas, salen más confiados de los matorrales.

Rosie creía que mamá y papá nunca le comprarían una caseta, porque eran grandes y caras y costaba mucho montarlas. Además, era para observar pájaros, y papá nunca ha entendido por qué nos gustan tanto. Él opina que estamos demasiado obsesionados con las aves, lo cual es gracioso si lo piensas, porque él no para de hablar de su negocio de barritas de semillas y frutos secos.

Pero se la compraron.

Papá se levantó temprano y colocó todas las piezas en el suelo, como un puzle de madera y de bolsas de clavos y tornillos. Y después del desayuno, se puso las gafas y se inclinó sobre el papel como hace con el portátil, pero en vez de decirnos que nos fuéramos y lo dejáramos en paz, nos pidió que le ayudáramos a unir piezas de madera con los clavos.

La caseta fue creciendo poco a poco y, hacia el mediodía, mamá sacó al jardín bandejas con bocadillos de queso y patatas fritas, la comida preferida de Rosie.

Y, mientras trabajábamos, Rosie nos contaba toda clase de curiosidades sobre casetas para observar animales salvajes, y sobre tejones y conejos y hasta pájaros, y papá escuchaba sin más y asentía haciendo «mmm» y hasta sonreía. En ningún momento le gritó ni le pidió que se callara. Y cuando él se puso a hablar de las barritas de semillas y frutos secos, Rosie incluso le prestó atención y le propuso una nueva idea para la página web.

Cuando terminamos la caseta, quedó un poco torcida y sobraron un montón de tornillos, pero la habíamos construido juntos, y Rosie dijo que por eso era la mejor caseta para observar animales del mundo. Mamá sacó al jardín tazas de chocolate caliente hecho con leche de verdad, y no con agua (cosa que no hace nunca porque tarda demasiado en cocerse), y nos apretujamos todos dentro de la caseta y nos sentamos en fila sobre el banco, mirando a través de la ventana.

Estuvimos esperando y observando durante un buen rato, pero no vimos ni un solo animal. De todos modos daba igual, porque estábamos juntos y nadie gritaba, y seguramente, que yo recuerde, fuera una de las últimas veces que pasó.

Este cobertizo no es tan bonito como nuestra caseta de observación. Huele como el suéter que me he encontrado, a viejo y a polvo. No hay ningún banco donde sentarme con mi familia, y esa ventana pequeña de arriba deja pasar muy poca luz, porque afuera ha caído la noche y está oscuro.

Ahora que me he acordado de la historia, echo un poco de menos a mamá y a papá, algo que me pasaba mucho cuando era más pequeño. Aunque ahora ya no me pasa tanto. Supongo que me he acostumbrado a que estén ocupados. Pero esta semana los he echado muchísimo de menos, a lo mejor porque todo ha sido muy extraño. Me he encontrado varias veces a papá llorando en la habitación de Rosie. O a mamá con la mirada perdida delante de la ventana, como si no viera nada.

Y yo me noto el estómago revuelto. Ahora que he pensado en ellos me siento culpable... porque a lo mejor no tendría que haberme ido. Sé que les he dejado una nota, pero tengo la sensación de que a mamá no le va a gustar que esta noche no vaya a poder arroparme en la cama, y seguramente se preocuparán por mí.

A veces, cuando los sentimientos se complican mucho y duelen, intento no hacerles caso. Papá dice que por eso siempre tengo ataques de pánico.

—Intenta no preocuparte, Jasper. Distrae la atención pensando en cosas buenas.

Una cosa buena es que en este cobertizo estoy a salvo. Y aunque todavía no he llegado a mi destino, tengo la sensación de que, solo por estar aquí, por fin estoy haciendo algo bueno y bastante más útil, en vez de quedarme en casa sin hacer nada, sin ir a la escuela. En cuanto se haga de día, saldré de nuevo a buscar el Lugar Mejor donde ha ido Rosie. Solo con pensarlo ya me siento valiente.

Sé que si papá estuviera aquí me daría algún consejo de acampada, porque de pequeño fue *boy scout*. Seguro que se le ocurriría cómo conseguir algo de beber.

La lluvia cae con fuerza y casi oigo a papá diciéndome al oído lo que tengo que hacer. Cojo mi botella vacía y, buscando por el cobertizo, encuentro un embudo que no parece demasiado sucio. Entonces abro la puerta, hundo la botella lo más que puedo en el suelo para que no se caiga y meto el embudo dentro en equilibrio. Observo durante un rato mientras la lluvia cae dentro del embudo y la botella se llena gota a gota.

Pero como voy a tardar en poder beber, vuelvo a entrar y me tumbo sobre la toalla en el rincón, y uso el abrigo como edredón y, como almohada, un balón desinflado que encuentro en un cubo.

Me quedo despierto un buen rato, más de lo que nunca he estado. Pero las gotas caen como clavos sobre el tejado del cobertizo, y cuando pienso que Rosie sigue desaparecida, vuelve a dolerme la barriga.

Intento encender el teléfono otra vez para llamarla, pero está mojado y no tiene batería. Así que le envío un mensaje mentalmente.

—Perdona por tardar tanto, Rosie —susurro—. Estoy haciendo lo que puedo.

El canto del ruiseñor ha inspirado a un montón de artistas.

Sueño que camino por un bosque en la oscuridad. El bosque no es como Springy Wood, por el que el que he pasado hoy, sino que es espeso, con arbustos y ramas y helechos y plantas espinosas que se me enganchan en la capucha y tiran de mí.

Y aunque camino sin cesar, no soy capaz de avanzar demasiado.

Y entonces lo oigo:

—¡Jasper!

Quien me llama es un pájaro, pero lo entiendo y sé que también es mi hermana.

—¡Rosie! —grito.

Doy vueltas sobre mí mismo buscándola y, de repente, tengo visión nocturna y la veo revolotear porque tiene el pecho enganchado en un espino.

—¡Espera, voy a buscarte! —grito.

Intento avanzar, pero unas enredaderas se me enroscan en los pies y unas zarzas me impiden pasar y cada vez me cuesta más moverme. Y tiro y tiro a pesar de hacerme daño.

—¡Ahora voy, Rosie! —vuelvo a gritar.

Pero no lo consigo. Al contrario, cada vez me alejo más de ella. Veo cómo intenta soltarse de las espinas y desearía que no se moviera, porque es un ruiseñor y tiene un corazón muy pequeñito y no quiero que su canto se le escape.

De pronto, se libera y echa a volar, y los árboles se convierten en plumas y dejan de hacerme daño. Pero en vez de alegrarme porque, al fin, ha levantado el vuelo, extiendo la mano entre las plumas de los árboles y le grito que regrese.

¡Vuelve!

No me dejes aquí solo.

CURIOSIDAD SOBRE LOS PÁJAROS N.º 16

Se cree que las aves perciben a los seres humanos como posibles depredadores.

Despertarse es como escalar una montaña altísima con una mochila cargada de piedras.

Por un momento, creo que vuelvo a estar en mi cama. Y que mamá no tardará en llamarme para desayunar o me dirá que llego tarde a la escuela. Pero luego abro los ojos y recuerdo que me quedé dormido en el suelo, con la cabeza apoyada sobre un viejo balón de fútbol en el cobertizo de alguien, y a través de la ventana de arriba la luz entra como un chorro de leche, iluminándolo todo de blanco.

Parpadeo. No puedo creer que haya sido capaz de pasar la noche solo en un cobertizo en medio de una tormenta. El corazón me da un vuelco y me siento orgulloso y valiente, aunque también inquieto porque mamá y papá estén preocupados, y no tengo manera de decirles que estoy bien.

Me inclino para tocar los pantalones que colgué sobre el rastrillo. Casi están secos, así que me los pongo y me quito el suéter viejo que encontré en el cobertizo. Mi estómago gruñe fuerte al despertarse. Anoche cometí la insensatez de comerme lo que me quedaba de comida, cuando todo lo que debe de haber aquí dentro son arañas, y no me las pienso comer. Pero al menos tengo agua.

Me acerco a la puerta a gatas y la abro un poco. La hierba tiene un color verde lima esta mañana, como si no supiera qué es la lluvia, porque hace un día muy bonito. La botella de agua está medio llena de anoche, y me la bebo de un trago. Tiene un sabor raro, pero me alegro de tener algo que beber.

Me siento sobre las pantorrillas y me limpio la boca. Entonces, una sombra pasa por encima de mí y pregunta con suspicacia:

–¿Qué haces en el cobertizo de mi padre?

Suelto un grito del susto y le tiro la botella de agua sin pensar.

–¡Oye! –dice la sombra, agachándose para esquivarla.

El corazón me palpita en los oídos al ponerme de pie a toda prisa, dispuesto a dejar mis cosas en el cobertizo y salir corriendo lo más rápido que pueda. Pero entonces veo que la sombra no es un monstruo, sino un niño moreno con una camiseta a rayas, de fútbol.

Debería darme menos miedo ver a alguien de mi edad que a un monstruo, pero no es así. Me agobia lo mismo que en la escuela, así que vuelvo a meterme en el cobertizo e intento cerrar la puerta.

–¡Oye! –vuelve a exclamar, impidiéndome cerrarla–. No puedes entrar aquí sin más, ¿sabes? Mi padre necesita todas esas cosas... –empieza a decir en una voz cada vez más baja y triste.

Me apresuro a meter mis cosas en la mochila, dando sonoras zancadas con las botas y sin detenerme a atarlas.

–Perdona..., no entré porque sí. Es que me pilló la tormenta y tenía miedo de electrocutarme.

Me armo de valor para apartarlo y salir, pero él bloquea la puerta con la mano, frunciendo el ceño.

—¿Has pasado aquí la noche?

Me miro el barro de ayer en las botas, y el niño se agacha conmigo para mirarme a la cara. Intento evitar su mirada, pero su gesto fruncido se convierte en una enorme sonrisa entusiasmada.

—¡Oh! —exclama, y se pone a aplaudir como si hubiera encontrado un tesoro—. ¡Tú eres el niño desaparecido que ha salido en las noticias!

Levanto la cabeza y retrocedo, de modo que mi espalda queda apoyada contra las paredes astilladas del cobertizo.

—¿Qué? No..., no he desaparecido, estoy aquí.

Pero el niño asiente con la cabeza mientras busca algo en sus bolsillos.

—¡Sí, en nuestro cobertizo! Esto es muy guay...

Saca el móvil y luego la lengua para concentrarse en escribir algo en la pantalla. Vuelvo a encontrarme mal. Por la cabeza me pasan muchas ideas, pero la que oigo más alto me dice que tengo que irme ya. Ha transcurrido un día entero y todavía no he encontrado a Rosie. Y no me apetece nada que este niño raro me vea en pleno ataque de pánico.

Doy un paso para empujarlo y salir cuando me pone su móvil justo delante de la cara. La pantalla brilla mucho en medio de la oscuridad y el polvo del cobertizo, pero entonces distingo una foto mía en el colegio.

NOTICIAS DEL DÍA

LA POLICÍA BUSCA A UN NIÑO DE 9 AÑOS DESAPARECIDO

La policía de Sussex está buscando a Jasper Wilde, de nueve años, desaparecido desde ayer, cuando salió de casa solo, alrededor de las once de la mañana, y no regresó.

Jasper va vestido con pantalones de senderismo de color crema, un jersey gris y es posible que un abrigo rojo con botones azules, y lleva una mochila azul.

Al parecer, Jasper es aficionado al senderismo, y podría ser visto en caminos rurales o zonas de observación de aves. La última vez que fue visto fue el sábado a las 17:32 h, en la oficina de correos de Scatterton..

Según la policía, es posible que Jasper esté afectado por lo que le sucedió a su hermana, que trágicamente...

Se me revuelve el estómago al leer las últimas palabras y aprieto los ojos y lanzo con fuerza el teléfono al niño, igual que he hecho antes con la botella.

–¡Ay! –exclama, cogiéndolo al vuelo, justo antes de que caiga al suelo y se rompa–. Pero ¿qué haces...?

Los oídos me zumban y no puedo quedarme aquí ni un momento más. Me agacho para escabullirme por debajo de su brazo, empujo la puerta y echo a correr lo más rápido que puedo jardín abajo.

Corro derrapando sobre la hierba mojada, y ha llovido tanto que al final de la pendiente del jardín se ha formado un charco como un estanque. Pero no freno y llevo las botas desatadas y, de repente, resbalo y caigo de lleno al agua.

–¡Jasper Wilde! –grita el niño detrás de mí.

Tengo frío y estoy mojado y me he caído en un charco. El golpe retumba en mi interior como una nube de tormenta.

Y me entra el pánico.

El tordo cantor es una de las pocas aves de Gran Bretaña que comen caracoles.

Respiro como el día que Rosie subió al tejado y encontró el nido, como si no hubiera suficiente aire en el mundo y fuera imposible aspirarlo a la velocidad que necesito.

Mis manos intentan agarrarse a algo, pero el charco es como un mar negro en el que me hundo, y cuando

Tordo cantor

creo que no hay nada a lo que agarrarme..., encuentro la mano del niño.

Espero que se burle de mí, pero no. Se inclina sobre mí y, aunque estoy en un charco, entra conmigo y me mira a los ojos, y para mí es la única cosa firme en un lugar donde todo se derrumba.

—No pasa nada. Estás bien, respira conmigo. Me llamo Gan Tran-Stevens. Estoy aquí.

Habla extrañamente como un adulto, y no acabo de fiarme. Cada vez me cuesta más respirar, agito las manos desesperadamente y no me gusta lo que me está pasando y tengo miedo.

—Tienes un ataque de pánico —dice Gan con calma—. ¿Te ha ocurrido otras veces?

No estoy seguro y no lo sé, así que le digo a la vez que sí y que no con la cabeza.

—No es agradable, pero es algo normal. Tienes la sensación de que no puedes respirar bien, y notas que estás mareado y que el corazón te late muy deprisa..., pero no pasa nada. Todo eso es normal y se te pasará y te sentirás bien otra vez.

Noto todo eso, tal como lo ha descrito. No aparto mis ojos de los suyos, y parece que me dice la verdad, y empiezo a confiar en él.

−¿Quieres saber qué hacer para estar tranquilo en pleno ataque de pánico? Mi psicólogo me lo explicó y, a mí, me ha ayudado mucho.

Asiento con la cabeza y le aprieto más fuerte la mano.

CONSEJOS DE GAN PARA UN ATAQUE DE PÁNICO

1. No dejes de decirte que estás bien, porque en realidad lo estás. Todo lo que estás sintiendo es normal y en unos momentos te volverás a encontrar bien.

2. Coge aire por la nariz durante tres segundos e intenta aguantar la respiración dos segundos. Luego suelta el aire por la boca. Esto te ayudará a bajar el ritmo de tu respiración.

3. Intenta pensar solo en hechos reales y cosas que te hacen sentir bien.

Cuento con Gan al coger y soltar aire. Primero me da vergüenza, pero aún no se ha burlado de mí, así que decido ponerme a pensar en cosas reales, como por ejemplo, que el albatros más anciano conocido tiene setenta años, y que en unos momentos me encontraré mejor, como la última vez que me pasó, cuando Rosie se subió al tejado.

Coge aire, uno, dos, tres. Aguanta. Suéltalo, uno, dos, tres.

Coge aire, uno, dos, tres. Aguanta. Y suéltalo, uno, dos, tres.

Cuando mi respiración es menos ronca y solo tengo hipo y estoy cansado, Gan me ayuda a levantarme. Me pasa el brazo sobre sus hombros para poder apoyarme en él y subimos por la cuesta del jardín hasta llegar a un banco viejo y destartalado cerca del cobertizo.

Intento decirle «gracias» y «lo siento», pero me hace poner la cabeza entre las piernas.

–No hables, bobo. Respira y ya está. No pasa nada.

Me encuentro mejor al bajar la cabeza, como si cerca del suelo hubiera más aire. Me concentro en los insectos que veo en la tierra y cuento las respiraciones. Hay hormigas que avanzan en fila y un gusano viscoso entre la hierba. Mientras respiro, un tordo cantor se posa en la hierba no muy lejos de nosotros, nos mira y se va volando con un caracol en la boca.

Cierro los ojos y pienso en curiosidades sobre esta especie.

CURIOSIDADES SOBRE EL TORDO CANTOR

En ocasiones, el tordo cantor canta al anochecer, motivo por el cual a veces se lo confunde con el ruiseñor. Sin embargo, es mucho más común que el ruiseñor en casi todo el Reino Unido, y canta todo el año.

Gan se mueve un poco, sentado a mi lado en el banco.

—A veces yo también tengo ataques de pánico –dice–. Por eso sé qué hay que hacer cuando pasa. Sobre todo desde que mi padre...

Levanto despacio la cabeza para mirarlo. Nunca he conocido a nadie que se preocupe por las cosas tanto como yo. Pero este chico, que es de mi edad, está claramente interesado en contarme su propia historia, e, igual que me pasa a mí, veo que es un pájaro con una canción que quiere cantar muy alto, pero no se atreve.

Gan se muerde el labio y respira hondo.

—Mi padre se marchó el mes pasado. Se fue con su otra familia a América. Me prometió que pronto podré ir a visitarlo, pero a veces tengo la sensación de haberlo perdido para siempre. A veces esto me hace sentir mal..., me angustia, pero también me da rabia y me siento un poco culpable. —Las orejas se le ponen coloradas—. Lo peor fue la semana después de irse. Cogí un balón de fútbol carísimo que me regaló por mi cumpleaños, firmado por mi jugador favorito, y lo chuté con tanta fuerza que también lo perdí. —Me cuenta esta parte muy deprisa, y luego parece aliviado y también un poco sorprendido por haberlo dicho—. Nunca se lo había contado a nadie.

Es una historia muy triste, así que me acerco más a él, para que sepa que puede contar conmigo, como yo antes con él.

—Seguramente no haya desaparecido —le digo—. Solamente está en otro sitio. —Busco con la mano, detrás de mí, y toco los bordes del *Libro de los pájaros*, que llevo en la mochila–. Lo mismo le pasa a nuestro ruiseñor. Cuando era pequeño, solían acudir cinco o seis machos a un prado detrás de mi casa. Hasta que dejaron de venir todos menos uno. Pero este año, ni siquiera este ha venido.

Por un momento, mis pensamientos se desordenan, y sacudo la cabeza para volver a ordenarlos.

–Pero mi hermana es una experta en localizar pájaros, y ha encontrado al ruiseñor en la estación de servicio. A nadie se le ocurriría pensar que un ruiseñor iría a una estación de servicio, al lado de tanto tráfico. Le he dado muchísimas vueltas, pero, mira, al final, no se ha perdido. Solo está en un lugar distinto que yo no conozco.

Gan me mira con los ojos muy abiertos.

–¿Cómo sabes que es el mismo pájaro?

–Bueno... –La espalda me pica y tengo calor, así que me quito la mochila–. Simplemente lo sé.

Gan se queda un momento callado. Oigo desde un árbol al tordo cantor imitando al ruiseñor, pero a mí no me engaña.

–Si pudiera ir a América andando, yo creo que también lo haría –dice en voz baja–. Ahora entiendo por qué te has escapado de casa.

–No me he escapado. No sé por qué dice eso el artículo...

Si no hubiera visto mi foto y mi nombre en el móvil de Gan, nunca habría pensado que el artículo hablaba de mí. ¿Cómo voy a estar desaparecido cuando yo precisamente soy quien va encontrando cosas? Encontré a *Buster* y encontré el anillo de la patita de *Birdy*, aunque al final lo dejara donde estaba. Y ahora he encontrado a un niño que dice que a veces se angustia, igual que yo.

Gan se encoge de hombros y mira hacia la casita en lo alto del jardín.

—A lo mejor tus padres están preocupados por ti. Mi madre también se preocupa mucho por mí. Es un rollo.

Muevo la cabeza diciendo que no.

—Pensaba que no pasaría nada si les dejaba una nota —le explico—. Es lo que Rosie y yo solemos hacer...

Me siento fatal por haber preocupado tanto a mamá y a papá. Solían preocuparse por mí cuando era pequeño. Le decían a Rosie que era demasiado pequeño para salir de excursión con ella, y me daba mucha rabia. Pero Rosie siempre me sacaba a escondidas, y aunque unas veces me limpiaba el fango de los pantalones antes de volver a entrar en casa, otras se olvidaba. En todo momento estaba muy pendiente de que no me pasara nada y siempre regresábamos sanos y salvos, así que al final mamá y papá dejaron de preocuparse tanto.

Vuelvo a pensar en el artículo del periódico, y esa palabra siniestra retumba en mi cabeza: trágicamente. Tiene unas alas monstruosas y unas garras afiladas, así que la aparto de mis pensamientos y me pongo de pie.

–Gracias por ayudarme –digo deprisa–. Pero ahora tengo que irme.

Gan se levanta mientras yo me ato los cordones de las botas.

–¿Ya te vas? Pero si acabo de conocerte. Sé que tienes prisa por encontrar a tu pájaro, pero ¿no quieres comer o algo? ¿Y si me ayudas a encontrar mi balón de fútbol y luego vamos a decirle a mi madre que estás aquí? No creo que tarde en volver de la compra.

Al oír la palabra «comer», mi estómago gruñe, y Gan sonríe.

Miro al cielo y veo que el sol está alto.

–A lo mejor un desayuno rápido...

Gan se ríe y se levanta de un salto y echa a correr hacia su casa, salpicando agua del suelo con las deportivas.

–¿Desayuno? Jasper Wilde, ya ha pasado el mediodía. ¡Es más bien la hora de comer!

El corazón me da un vuelco al oírlo. ¿Cómo puede ser tan tarde? Sé que no he dormido muy bien y que me ha costado muchísimo despertarme, pero creo que nunca me había levantado tan tarde. Aunque me noto cansado. Me duelen las piernas de tanto andar ayer, y una parte de mí solo quiere acurrucarse en un rincón del cobertizo y echarse otra vez a dormir.

Pero entonces Gan baja corriendo por el jardín con una bandeja de patatas fritas y fruta y botellas de agua que temblequean con cada paso que da.

–¡Te traigo todo lo que había! –dice, y deja la bandeja sobre el banco entre los dos.

Cojo una bolsa de patatas con sabor a queso y cebolla y me meto un puñado en la boca. Mi estómago las reclama con voracidad, pero me encuentro mucho mejor en cuanto me las termino. Abro otra bolsa y pelo un plátano y me bebo casi toda una botella de agua de un trago.

–Tendrías que presentarte a un concurso de comida: te lo estás zampando todo como una aspiradora –dice Gan.

Le sonrío un poco cortado.

–Es que tengo mucha hambre. Creo que podría comerme un cobertizo entero de patatas fritas.

–Pero el de mi padre no, a menos que te encanten las patatas al punto de sal de araña.

Me río y digo:

–¿Y con salsa de telaraña?

Gan se parte de risa. Tanto que casi se cae del banco.

–¡Muy bueno!

Le sonrío de buena gana y, de pronto, tengo la sensación de tener tanta energía que podría llegar hasta Rosie corriendo. En parte es la comida, y en parte es porque estoy de broma con Gan como si fuera la cosa más normal del mundo. Aunque no lo sea. Aunque no lo sea para mí.

Me paso las manos sobre la camiseta, pensando en qué más cosas hay en el cobertizo, para ver si se me ocurre otro juego de palabras gracioso, cuando me acuerdo:

–¡Gan! Tu balón de fútbol... –digo con un grito ahogado.

Me doy la vuelta de cara al cobertizo, sacudiéndome las migas de patata del regazo, y Gan me sigue con la mirada.

–Sí, esta mañana iba a ver si lo encontraba por el cobertizo, cuando te he visto. Porque creo que he buscado por todas partes menos ahí. He pensado que tal vez mi madre la encontró y la guardó ahí dentro..., pero creo que me lo habría dicho.

Asiento con la cabeza y corro hacia la puerta.

–Puede que sea el que encontré anoche. Lo usé de almohada.

Oigo los pasos de Gan detrás de mí mientras abro la puerta, tropiezo con la misma pala de anoche y encuentro el balón deshinchado en el mismo lugar donde lo había dejado.

—¿Está ahí? ¿Lo has encontrado? —dice Gan ilusionado.

No me doy la vuelta enseguida. El balón da un poco de pena, como si le hubieran dado un puntapié en la barriga. Quizá pueda volver a hincharlo en un momento, pero es uno de esos profesionales y creo que ni el pájaro más grande del mundo tendría suficientes pulmones para hacerlo.

—Lo siento. —Y le doy la pelota.

Veo la cara que ha puesto. Primero parece desconcertado. Y luego se le ponen los ojos tristes y me siento mal porque es por mi culpa.

—Oh... —dice—. ¿Estaba así cuando lo encontraste anoche?

—Sí —respondo al instante para que no crea que yo he deshinchado el balón—. ¿Puede que no sea el mismo?

Sale a la luz del día y lo gira entre las manos hasta que vemos la firma de su jugador preferido garabateada en negro en un lado.

Se le escapa un resuello.

—Está roto.

Le paso el brazo por encima de los hombros. Es un poco más alto que yo, de manera que tengo que ponerme de puntillas. No sé qué decirle para hacerlo sentir mejor, y entonces pienso en Madge.

—Al menos lo has encontrado y ahora sabes dónde está.

Me mira con una sonrisa triste.

—Sí. Gracias, Jasper Wilde. Supongo que es mejor saber dónde está, ¿no? Aunque no me guste lo que le ha pasado. —Se limpia las lágrimas con el balón—. Al menos ahora ya puedo dejar de buscarlo.

El sol asoma por detrás de una nube y de pronto el jersey me da calor.

Nos quedamos callados un momento. Gan me mira, un poco incómodo, como si quisiera decirme algo más y, de repente, me doy cuenta de que no quiero oírlo.

—Jasper Wilde, creo que deberíamos decirles...

—No puedes —le digo, volviendo al banco a buscar la mochila—. Tengo que encontrar a Rosie y ya llego tarde. Si le dices a alguien que me has visto, no me dejarán buscarla, y ahora no puedo parar. No puedo.

Gan se rasca la nuca al ver que estoy a punto de tener otro ataque.

–Vale... Entonces a lo mejor puedo ayudarte, o...

–No, gracias –contesto enseguida, colocándome bien la mochila–. Perdona otra vez por dormir en vuestro cobertizo. ¡Espero que todo se arregle con tu padre! –Y me alejo, sintiendo una intensa palpitación en los oídos.

Gan baja corriendo por el jardín detrás de mí, llamándome, sin saber muy bien qué hacer. Hago como que no está, sin apartar la vista de la puntera de mis botas, y paso por dentro del charco en el que me había caído antes. Y entonces, inesperadamente, noto dos brazos que me agarran, me dan la vuelta y me abrazan con fuerza por la cintura.

Estoy tan sorprendido que, al principio, no se me ocurre devolverle el abrazo. Rosie y mamá y papá siempre me están abrazando, pero mis compañeros de clase no lo hacen nunca. Es agradable, pero también es como si los muros que me ha costado tanto levantar en mi cabeza fueran a caerse de un momento a otro, y no quiero que pase. Y menos ahora que estoy a punto de encontrarla.

Me escabullo del abrazo, y Gan se me queda mirando, serio.

–Gracias por escucharme, Jasper Wilde, cuando te he contado lo de mi padre. No suelo hablar mucho de esto, y mi psicólogo siempre me dice que tengo que compartir lo que siento, pero a lo mejor es que estaba esperando a contárselo a alguien que me entendiera..., como tú. Y sé que el balón está desinflado, pero... –Respira hondo y añade–: Me encuentro mejor ahora que te he contado la verdad sobre lo que pasó.

Asiento con la cabeza y escondo la cara. Ya sé que debería decir que me alegro de haberlo conocido..., porque es así. Pero sus palabras resuenan como un ruido agudo en mis oídos que me dice que tengo que marcharme ya.

–Adiós, Gan Tran-Stevens –le digo, llamándolo por su nombre completo, como hace él–. ¡Gracias por no decirle a nadie que he estado aquí!

El avetoro americano se camufla entre los juncos estirando el cuello y levantando el pico.

Sigo avanzando por el camino que pasa junto a los jardines particulares; voy con la cabeza baja, pisando charcos, y no levanto la vista hasta que llego a un campo de golf.

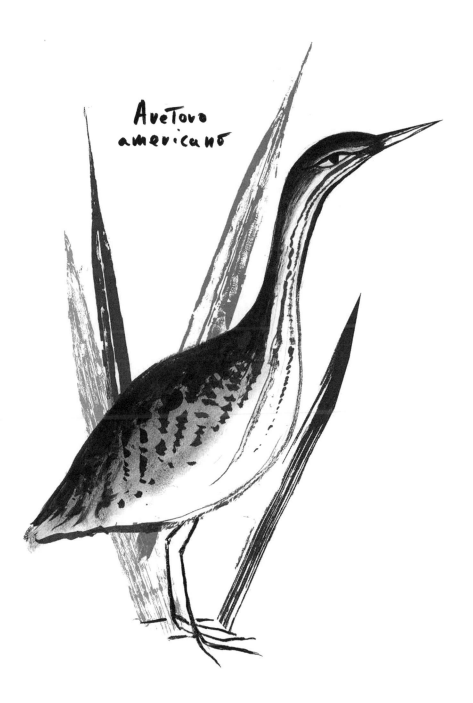

AveToro
americano

No me gusta mucho andar por campos de golf, porque siempre tengo miedo de que me den sin querer con una pelota en la cabeza, pero hoy parece que no hay nadie jugando. Pero, por si acaso, voy al edificio del club de golf y, allí, empujo una puerta de color azul chillón y entro en un vestuario vacío que huele a calcetines viejos. Hay un baño. Lo utilizo y luego me siento en uno de los bancos para abrir el mapa.

Anoche me mojé un poco, pero al menos seguía el camino correcto. Y según el mapa solo estoy a un cuadrado y poco más de la parada de autobús donde tendría que haberme bajado para ir a Dunton Mayfield ayer si no hubiera salido a buscar el faisán.

He llegado hasta aquí, pero también llego tarde. Y lo que es peor: en el artículo que Gan me enseñó en el móvil decía que la policía me está buscando porque creen que he desaparecido.

No me gusta meterme en líos. Una vez, cuando iba a tercero, el profesor me echó la bronca porque me subí a un árbol del campo de fútbol, cuando no estaba permitido. Aún me acuerdo de cómo se enfadó y de cómo toda la clase se calló mientras me echaba la bronca. Me dolía el corazón de tan fuerte como me latía y, a veces, aún me despierto en mitad de la noche pensando en eso.

Y esto es aún peor que aquello, porque la policía me está buscando, y estoy seguro de que solo pasa con delincuentes en búsqueda y captura. Y aparte de que todo el mundo cree que me he escapado, anoche me metí en una granja de cerdos cuando llovía y perturbé la paz de un nido, y eso no se puede hacer, ni siquiera por una buena razón como buscar el anillo identificador de un periquito.

Una parte de mí quiere ir a la próxima comisaría y entrar con la cabeza baja, como hice con el profesor en la escuela, y pedir perdón por haber hecho enfadar a todo el mundo, porque no era mi intención. Pero es que Rosie y el ruiseñor siguen desaparecidos. Si me rindo ahora, puede que los dos se pierdan para siempre.

Guardo el mapa y saco el *Libro de los pájaros* y lo abro y leo por la mitad de una página sobre la vez que Rosie y yo fuimos a un lago escondido en medio de un bosque. Rosie llevó comida para hacer un pícnic y nos pasamos el día sentados intentando avistar aves acuáticas como pollas de agua y garcetas con los prismáticos, pero solo llegamos a ver una familia de ánades reales.

–¿Por qué los machos son más hermosos que las hembras? –le pregunté, tirándole un trozo del bocadillo a uno de los patos de plumaje verde oscuro.

Rosie puso los ojos en blanco.

—Depende de lo que quieras decir con «hermoso», Jasper. Los machos suelen hacer gala de plumajes llamativos y trucos festivos para atraer a las hembras, pero en realidad las hembras son más hermosas.

Miré el plumaje parduzco de la hembra en el agua y su explicación no acabó de convencerme.

—Míralo así —prosiguió Rosie—: la hembra empollará los huevos. Y mientras el macho esté por ahí con sus amigotes, ella estará protegiendo los huevos de los depredadores. Imagínate si tuviera plumas vistosas. Los zorros la encontrarían fácilmente. Pero al ser del mismo color que las hojas secas...

Volví a mirar hacia la pata, pero ya no la veía.

—¡Mira, ha desaparecido! —exclamé.

Y Rosie sonrió.

—En mi opinión —dijo—, eso es lo hermoso.

Pensar en ese día me hace sonreír. No habíamos visto mucha variedad de aves, pero, gracias a Rosie, aprendí muchas cosas sobre cómo se camuflan. Me contó que todas las aves del mundo son expertas en camuflarse en su entorno para protegerse o para poder acercarse con sigilo a su presa.

Yo soy como una de esas aves: hay gente que me busca y tengo un largo camino por delante, pero si me camuflo, quizá no me vean. Puede que todavía consiga mi objetivo.

Saco todas las cosas de la mochila para inspirarme. Si fuera únicamente por el bosque, usaría fango y hojas para desaparecer entre los árboles. Pero después de avanzar un cuadrado del mapa, llegaré a Dunton Mayfield, que aparece como una mancha gris en medio del verde, salpicado de manchas que representan edificios y símbolos de escuelas, hoteles y hospitales. Si tengo que cruzar un pueblo, tengo que parecer un niño..., pero otro niño, no yo.

Me pongo la gorra, porque me tapa el pelo y la cara, y vuelvo del revés la mochila para que sea negra en vez de azul. Intento hacer lo mismo con el jersey y los pantalones, pero son del mismo color por dentro que por fuera, y me dan un aspecto aún más extraño, cosa que no quiero. Así que me pongo a buscar por el vestuario ropa que alguien se haya podido olvidar.

En una taquilla encuentro un tubo de caramelos de menta, y en otra, unos pantalones viejos, así que cierro la puerta de golpe. Voy al otro lado de la hilera de taquillas, donde hay unos grandes contenedores de lona, cada uno de un color distinto, llenos de cosas.

En la mayoría solo hay toallas, pero en otro pone «objetos perdidos».

Me pongo a rebuscar en ese y encuentro pantalones de colores y gorras, camisas grandes como las de papá, y hasta zapatos con unas piezas puntiagudas en las suelas. Con todo esto, más que pasar desapercibido, llamaría la atención.

Y entonces encuentro un suéter con un logo y unas letras que dicen «Jóvenes Senderistas de Dunton Mayfield» y noto en mi estómago un revuelo, como una bandada de vencejos que cae en picado. Me quito el jersey gris y, aunque el otro huele a ropa de deporte sucia, la talla me va casi perfecta.

Rebusco, a ver si encuentro un pantalón, pero no hay ninguno de mi talla. Por suerte, encuentro unas gafas de sol que me irán bien para ocultarme la cara, y un cinturón blanco que, al menos, dará un aspecto distinto a mis pantalones. Me lo pongo todo, me doy la vuelta para mirarme en el espejo de uno de los pasillos. Ya no parezco el Jasper Wilde de las noticias. Y me río porque Jasper Wilde se ha perdido en la sección de objetos perdidos.

Me echo a la espalda la mochila del revés, dedico un momento a memorizar el mapa para no tener que volver a sacarlo y salgo a la calle con la cabeza baja, preparado para cruzar el pueblo a la vista de todo el mundo.

La perdiz nival muda las plumas marrones por blancas en invierno para camuflarse con el cambio de estación.

Estoy tan concentrado en mantener la cabeza agachada mientras avanzo por la carretera que se aleja del campo de golf que casi choco con la señal.

BIENVENIDOS A DUNTON MAYFIELD

No es la línea de meta, pero tengo la sensación de haber alcanzado un punto importante, porque he conseguido llegar. Lo he conseguido a pesar de que el autobús atropellara el faisán. A pesar de demorarme en un prado de vacas y de ser sorprendido por una tormenta. A pesar de que el mundo entero me está buscando.

–¡Estoy a punto de llegar! –digo en voz alta.

Estoy tan emocionado que voy dando saltos como una cacatúa, levantando un pie y luego el otro. Pero entonces un coche pasa muy despacio a mi lado, el conductor me mira desde la ventanilla, y supuestamente voy camuflado.

Aun así, echo a correr para alejarme de la carretera y paso por una granja donde hay un estanque de patos, y niños echando trozos de pan al agua. Y como casi he llegado, no me detengo a decirles que el pan en realidad no sienta muy bien a los patos y que la próxima vez es mejor que les tiren guisantes. Y sigo corriendo y paso por delante de unas vacas (a salvo, al otro lado de la cerca), hasta que llego a una granja en la que hay una parada de helados.

Y ni siquiera me detengo por eso, a pesar de ser un día casi perfecto para comer helado y a pesar de que realmente me apetece uno.

Pero no tanto como ver a Rosie.

Sin embargo, llega un momento en el que decido parar y recobrar el aliento, y me cuelo en un baño público y me meto en uno de los cubículos para volver a consultar el mapa. Por lo visto, ahora tengo que pasar por varias calles para cruzar el pueblo y llegar a un camino que conduce otra vez al campo y va directo a la estación de servicio. Todavía tengo que recorrer dos cuadrados del mapa a través del pueblo y otros cinco a través de un campo antes de poder ver a Rosie, pero confío en que no será difícil, porque ayer caminé el doble.

Vuelvo a doblar el mapa y busco el agua en la mochila cuando me acuerdo de que esta mañana la he arrojado contra Gan al creer que era un monstruo. Tendría que haber metido en la mochila alguna botella de agua y algo de la comida que me ha ofrecido luego. Todavía no tengo hambre, pero empiezo a tener sed.

Me llevo la mano al bolsillo y toco las cinco libras y diez peniques que me quedan. Creo que tengo de sobra para comprar agua y una bolsa de patatas para Rosie cuando la vea. Pero eso significa entrar en una tienda y encontrarme cara a cara con la gente.

Salgo del cubículo del baño y vuelvo a ver mi reflejo en el espejo. Estoy dudando de si voy bien camuflado cuando la puerta del baño se abre. Es un hombre con barba y gafas, y, por un instante, se me encoge el estómago al creer que es papá, que ha venido a buscarme para llevarme a casa.

Pero no es él. Es un hombre más joven que él, que casi ni me mira cuando pasa por delante de mí y empuja la puerta para entrar en el mismo cubículo del que acabo de salir..., como si no me hubiera visto.

Vuelvo a mirarme en el espejo y veo que tengo la boca abierta, asombrado de lo bien que funciona el camuflaje. Sin embargo, para asegurarme, salgo por la puerta y cruzo a toda prisa el aparcamiento de la granja, mezclándome entre varias familias, fingiendo que formo parte de una de ellas y de ninguna al mismo tiempo. Pero luego cada una va hasta su coche, y en el aparcamiento solo quedo yo.

–¡Oye, chaval! –grita alguien detrás de mí.

No estoy seguro de si me están llamando a mí o no, y se me ocurre fingir que saludo a alguien un poco más adelante y echo a correr para que parezca que mis padres están a la vuelta de la esquina. Noto palpitaciones en los oídos, porque tengo la sensación de que alguien me va a coger por el hombro de un momento a otro. Pero no llega a pasar. Así que dejo de correr para recobrar el aliento y mirar atrás. Y cuando miro, no me sigue nadie.

Estoy solo.

CURIOSIDAD SOBRE LOS PÁJAROS N.º 20

Los tocororos suelen volar en parejas.

Nunca había estado en Dunton Mayfield, pero me parece agradable. No es tan grande como Brighton, donde mamá me lleva a comprar un estuche y una mochila nuevos todos los agostos antes de empezar el cole. Al pasar por la calle principal, veo que hay escaparates.

Hay muchas tiendas de segunda mano con maniquíes sin cabeza con vestidos de novia recargados. Hay una panadería, que me hace suspirar al pasar por delante, pero no me paro a comprar nada. Hay un pub y una casa de apuestas y una funeraria, que son un rollo porque todos son locales para adultos. También hay una agencia de viajes con una lista de destinos vacacionales en unas postales.

No debería detenerme aquí, porque alguien podría reconocerme en cualquier momento, pero lo raro sería pasar por delante y no mirar los destinos vacacionales. Siempre que mamá me lleva de compras, lo hacemos. Le gusta imaginarse que vamos en avión a alguna isla desierta, y que nos tumbamos en la arena y bebemos de unos cocos. Si papá está con nosotros, siempre señala Grecia y Egipto, con todas las tumbas de la Antigüedad que podría explorar. Y Rosie enumera las aves raras de cada lugar, como el tocororo de Cuba o el colibrí de cola blanca de México.

Siempre me gustaba oírla hablar de aves exóticas, pero, sobre todo, de las aventuras que podríamos vivir los cuatro juntos, ya fuera en la playa o visitando tumbas antiguas. Pero la verdad es que nunca podríamos permitirnos viajar a esos lugares.

Al ver mi reflejo en el escaparate, me doy un susto y me echo atrás: parezco un fantasma. Y mi cabeza se mueve sobre la imagen de otro niño que ríe mientras su padre lo lanza a una enorme piscina, donde su madre y su hermana esperan para cogerlo. De repente me entran ganas de gritar a todo pulmón que soy Jasper Wilde, el niño desaparecido de las noticias, para que me detengan y poder dejar de tener que evitar todo el rato la sensación de estar cayendo.

Noto que la gente me mira de forma extraña. A lo mejor es porque me han reconocido, o porque estoy llorando un poco. Así que me vuelvo a poner las gafas de sol y me alejo a toda prisa de la agencia de viajes.

Al final salgo del centro del pueblo y llego a un sitio donde hay un aparcamiento y unos edificios grandes en los que venden cosas de bricolaje y moquetas. Aquí la gente va hablando por el móvil o van cargados de cosas que parecen pesadas, así que me miran menos.

Aunque la verdad es que ahora tengo mucha sed, y creo que llorar lo ha empeorado. Meto las manos en los bolsillos y toco las monedas, que me tiran hacia abajo de los pantalones por el peso. Y al otro lado del paso de cebra hay un supermercado grande con un aparcamiento del tamaño de mi escuela.

Es importante salir preparado para una excusión, y no llevarte comida ni agua no es precisamente ir preparado. Así que, después de mirar a ambos lados y cruzar por el paso de cebra, avanzo entre los coches aparcados hasta la entrada principal del supermercado, sin levantar la vista de las botas.

En la puerta hay una persona que sonríe a la gente al entrar, pero evito mirarla. El supermercado es grande, y tiene toda clase de cosas que no me hacen falta para el camino y otras que quiero comprar pero que no necesito, como revistas de fauna y flora. Pero en la entrada, cerca de las puertas, hay un puesto con una nevera con comida y bebidas, así que me dirijo hacia allí a toda prisa y cojo una botella de agua. También busco una de las barritas de cereales y frutos secos de mamá y papá, pero no las venden. Papá siempre se queja de que las otras marcas son sus competidores, así que, en vez de una barrita, cojo una bolsa de palomitas.

Con la cabeza tan baja que la barbilla me toca el pecho, pongo la botella de agua y las palomitas sobre el mostrador para pagar. La cajera los pasa por el escáner despacio, mientras hace globos con el chicle. No sé si me está mirando o no, pero noto que me pongo rojo como un tomate.

−Uno noventa −dice, como si estuviera aburrida.

Suelto deprisa dos monedas de una libra sobre el mostrador, y una se cae rodando, y la mujer chasquea la lengua y tiene que agacharse a recogerla. Y yo estoy a punto de salir corriendo sin el cambio, pero podría ser un movimiento sospechoso, así que me quedo quieto hasta que la cajera me devuelve el cambio deslizándolo sobre el tique de compra, que enseguida me meto en el bolsillo, y corro hacia las puertas de salida.

Por un momento, pienso que me he librado. Levanto la cabeza al pasar corriendo por debajo de un enorme cartel de salida. Y entonces freno de golpe, porque en la puerta de entrada, de pie con sus uniformes impecables, hay dos agentes de policía.

CURIOSIDAD SOBRE LOS PÁJAROS N.º 21

Las aves que no pueden volar, como los emúes, suelen recorrer grandes distancias a pie o sobre el agua para encontrar comida.

Ya está. Han dado conmigo y ahora me detendrán y nunca encontraré a Rosie.

Se me olvida volver a bajar la mirada al suelo, porque me he quedado pasmado con los uniformes de los agentes, y tengo la tripa revuelta como si me hubiera montado en una montaña rusa. Los dos van de negro y llevan chalecos con muchos bolsillos y un cinturón con muchas cosas, como, seguramente, esposas. Y en medio de todo, una placa lustrosa y un parche azul brillante en el que pone «policía».

Cierro los ojos, junto las muñecas y espero a que me esposen. Lo siento mucho, muchísimo, noto una intensa sensación de culpa en el estómago. Siento no haber sido capaz de encontrar a Rosie y traerla a casa.

Pero no ocurre nada. Entreabro un ojo y veo que los agentes siguen de pie en la entrada, hablando con el guardia de seguridad y un chico mayor que también parece sentirse culpable por algo.

Ni me han visto.

Con el corazón a mil y con el cuerpo temblando como un árbol en medio de una tormenta, me escabullo. No me atrevo a mirar arriba, no sea que se fijen en mí, así que hago lo posible por actuar con naturalidad, como si no fuera el niño desaparecido al que buscan. Me acerco a una familia que se dirige hacia su coche y, como un miembro más, me río con un chiste que el padre ha contado, y el hombre me mira extrañado.

La cabeza me va a mil y noto el pánico en el pecho,

como una tetera con el agua a punto de hervir. Salgo corriendo del aparcamiento hasta llegar a la carretera, asegurándome de que no me siga ninguna luz azul, porque en mis oídos suenan sirenas.

No tengo el mapa delante y veo borroso. Doy un giro equivocado en un callejón con carritos de la compra destartalados y rodeo la parte trasera de un almacén. Y todo a mi alrededor parece un lugar perdido y de repente yo también me siento perdido.

–¿Rosie? –digo en voz alta.

Pero mi hermana no está aquí para ayudarme. Y vuelvo a pensar en ese artículo de las noticias en el que aparece mi cara, y esa palabra vuelve a apoderarse de mis pensamientos con sus grandes garras abiertas.

«Trágicamente...»

No pienso escucharlo, y tampoco puedo. Otra vez me cuesta respirar, así que aplico las recomendaciones de Gan sobre qué hacer ante un ataque de pánico y cuento hasta que mis pensamientos vuelven a concentrarse en cosas reales.

Rosie es mi hermana y siempre me apoya en todo, pase lo que pase. Todo lo que se va acaba volviendo..., como las aves migratorias. Como los perros perdidos y los anillos identificadores y los balones de fútbol.

Las cosas en realidad no se pierden ni desaparecen. Solamente están en un lugar diferente. Y yo me dirijo a ese lugar con todo lo que tengo y voy a encontrar el ruiseñor.

Me viene a la mente la cara triste de Gan cuando recuperó el balón desinflado, y cierro los ojos y pienso en curiosidades sobre las aves.

CURIOSIDADES SOBRE LA MIGRACIÓN DE LAS AVES

Algunas aves de mayor tamaño, como los gansos, siguen a sus parientes más ancianos durante la migración, pero muchas aves más pequeñas realizan sus primeros viajes solas. Se cree que las aves nacen con una brújula interna que las guía.

Cuando ya estoy más tranquilo, vuelvo a sacar el mapa. Me bajo la gorra lo más posible.

Y localizo otra vez el camino por el que iba.

CURIOSIDAD SOBRE LOS PÁJAROS N.º 22

Algunas aves recorren más de veinticinco mil kilómetros durante la migración.

Paso por unas calles con curvas, llenas de casas que parecen iguales. En los jardines hay personas lavando el coche y cortando el césped. Según mi reloj, ahora son las cuatro de la tarde, y me pregunto qué estarán ha-

ciendo mamá y papá
y pienso en lo muy preocupados que estarán por mí. Espero que
no se encuentren demasiado mal, porque esta
semana han estado muy tristes y no quiero que se sien-
tan aún peor. Pero tampoco puedo permitir que me encuentren. Al menos por ahora.

Paso por una callejuela arbolada en la que pone «Ruta
del Gran Roble». En el mapa está marcada con unas grandes manchas verdes, lo que significa que es una ruta
de senderismo. El camino llega hasta la universidad de
Rosie, y y como ya he recorrido con ella algunos tramos
de esta ruta, sé a ciencia cierta que tiene muchos postes

indicadores y es más fácil de seguir que esos senderos imprevisibles que hay por los prados y las granjas.

Los árboles parecen brotar más y más a medida que me alejo de las casas, y, poco después, estoy andando por un bosque. El suelo es mullido, da la sensación de estar sobre una cama elástica, y hay caminos que se bifurcan en todas direcciones. Si Rosie estuviera conmigo, querría ir por todos. Pero yo prefiero no desviarme del principal, entornando los ojos en medio de la oscuridad de los árboles y del extraño silencio de los pájaros.

Los bosques normalmente me gustan, pero este me recuerda el sueño de anoche. No veo a nadie, pero oigo crujidos entre los arbustos y noto como si muchos ojos me observaran. Las espinas extienden sus dedos para agarrarme los tobillos, y las arañas tejen telarañas para atraparme. Aprieto el paso hasta que empiezo a correr, y salto charcos cenagosos y piso ramas con las botas.

Y cuando ya no puedo correr más, paro y apoyo las manos sobre las rodillas, resollando. Justo delante de mí, veo una abeja retorciéndose en el borde de un charco. Me agacho para observarla mejor: parece que se ha mojado y está intentando alejarse del agua, que, a una criatura tan pequeña, debe de parecerle un mar oscuro y furioso. Intento rescatarla con un palo, pero me da miedo hacerle daño en las alitas, así que meto el dedo en el charco y la empujo con cuidado fuera del agua hasta que está a salvo.

La abeja zumba y se agita y yo creo que la he ayudado. Y cuando le estoy diciendo que todo irá bien –como Gan me ha dicho cuando he tenido el ataque de pánico–, noto un dolor agudo en la punta del dedo.

Grito tan fuerte que todos los pájaros que se escondían entre los árboles echan a volar, alejándose de mí. Tengo un aguijón negro clavado en el dedo, que palpita y me duele, y yo vuelvo a llorar, porque pensaba que estaba haciendo algo bien y resulta que no. Y ahora todo va mal y noto dentro de mí esa sensación, como si la abeja también me hubiera picado en el corazón.

–Pero bueno, ¿qué es este escándalo? –dice alguien en voz baja detrás de mí.

Me doy la vuelta en redondo y, al hacerlo, me ensucio de fango la otra mano. De pie ante mí está el hombre más viejo que he visto en mi vida, vestido con un gorro de lana y el mismo jersey que yo, solo que más grande. El anciano se agacha a mi altura y mira el dedo con la picadura.

–Eso no es nada –dice en voz baja, mientras se pone unas gafas grandes que lleva colgadas de la patilla en el cuello del jersey–. ¿Puedo?

Le digo que sí con la cabeza y extiendo hacia él el dedo con la picadura, y, al cogerlo para examinarlo, noto que tiene la piel como de papel. Con la uña rugosa del pulgar, empuja el aguijón hasta sacarlo, y yo aspiro aire con fuerza.

–Muy bien, valiente.

No me siento nada valiente. Más bien cansado y solo, y me ha picado una abeja. Pero el hombre se quita la mochila enorme que lleva a la espalda –que es como la que lleva el hombre que aparece en el envoltorio de una de las barritas de frutos secos, de pie en la cima de una montaña– y saca un tubo de crema para picaduras y me unta un poco en el dedo.

–¿Mejor?

Le digo que sí con la cabeza y me sorbo los mocos.

En la escuela, los profesores siempre nos dicen que no debemos hablar nunca con personas desconocidas. Pero creo que no he seguido muy bien este consejo hasta ahora, porque he hablado con Lulu, con Madge y con Gan. Pero tanto ellas como él se han portado muy bien conmigo, así que podría decirse que he tenido suerte.

Y también diría que he tenido suerte con este anciano, porque entonces se acerca a la pobre abeja y se pone a cantarle en otra lengua.

La levanta con cuidado con el dedo, y la canción suena triste y hermosa. Y entonces deja de cantar y dice:

–El ave del alma ha echado a volar. –Y la deja con cuidado sobre la hierba junto al camino, para que nadie la pise sin querer.

Es exactamente lo que habría hecho Rosie. Menos lo del «ave del alma», que no sé qué es y no está en mi libro. Pero a Rosie también le picó una abeja una vez. Estaba escondida en su lata de Coca-Cola y, cuando fue a dar un trago, le picó en el labio.

Rosie casi nunca llora, porque dice que no hay ninguna necesidad de hacerlo. Pero ese día lloró durante horas.

Mamá le dijo:

–¡No puede ser que duela tanto, Ro!

Pero Rosie sacudió la cabeza.

–No lloro por mí, lloro por la abeja –dijo.

Ese día aprendí que las abejas se mueren cuando pican. Y aunque Rosie cree que morir forma parte de la vida, no soporta que un animal muera por culpa de una estupidez humana, como tirar basura, o conducir deprisa, o beber de una lata de Coca-Cola.

Así que hicimos un funeral para la abeja en el jardín, y la enterramos en una caja de cerillas. Todos le dedicamos unas palabras amables y deseamos que hubiera muchas bebidas con azúcar allá donde se hubiera ido a zumbar. Y con esto Rosie se animó, porque la habíamos enterrado, y su cuerpo volvía a formar parte del ciclo vital, porque iba a alimentar a muchos otros animales.

—Solo quería ayudarla —digo en voz baja.

El anciano se agacha otra vez a mi altura y mira hacia las copas de los árboles como si le susurraran algo.

—A veces hay que saber cuándo aceptar ayuda.

Se vuelve hacia mí, mirándome con unos ojos de color marrón árbol, que me observan como si leyeran todos mis secretos, y vuelvo a esconder deprisa la cara bajo la gorra.

—¿Eres de los Jóvenes Senderistas de Dunton Mayfield? —me pregunta, señalando el distintivo del jersey que llevo puesto—. No te he reconocido, pero, claro, se han unido tantos niños al grupo últimamente... —Me sonríe de oreja a oreja—. ¿Eres uno de los nuevos?

No quiero mentirle, pero también me preocupa que averigüe quién soy, de modo que digo que sí con la cabeza, cruzando los dedos para no sonrojarme demasiado.

Da unos golpecitos sobre el distintivo del jersey que lleva puesto, que es como el mío.

—Pero tú no eres joven —le digo.

El anciano se queda sorprendido.

—¿Cómo que no? ¡Si tengo diez años!

Y lo miro boquiabierto, fijándome en las arrugas de la cara y en los espacios que asoman entre los dientes cuando sonríe..., y entonces suelta una carcajada.

–¡Ja, ja, ja! No... Tengo ochenta años. Pero alguien tiene que ocuparse de mantener a raya a los jóvenes senderistas, ¿no crees? –Los ojos le brillan–. Hoy me he ofrecido a ponerme a la retaguardia para que nadie se quede atrás en la excursión a Horton's Cross por la Ruta del Gran Roble.

Se levanta y me tiende la mano para ayudarme. No sé muy bien qué hacer. El anciano cree que voy con el grupo de Jóvenes Senderistas de Dunton Mayfield. Debería corregirlo y decirle que voy por mi cuenta y por una ruta completamente distinta, en busca de mi hermana. Lo que pasa es que me ha encontrado y no sé qué pasaría si le cuento la verdad.

–¿Tienes un móvil? –le pregunto despacio.

El anciano se ríe moviendo tanto la cabeza que la gorra se desliza hasta taparle las cejas.

–Pero ¿no me has oído cuando te he dicho que tengo ochenta años? ¿A quién voy a enviarle yo un mensaje?

Sonrío y le cojo la mano y tira de mí hasta ponerme de pie.

–Me llamo Jasper –digo, sin soltarlo de la mano para saludarlo.

–Ibrahim –dice el anciano.

Nos soltamos y volvemos a ponernos las mochilas, de cara al sendero que tenemos delante.

—Muy bien, Jasper. ¿Te parece bien que te acompañe de vuelta con el grupo?

Y pienso en mi propio grupo y en quiénes son en realidad. Rosie y el ruiseñor. Y puede que mamá y papá y la gata *Fish* también, y hasta mi abuela. Le digo que sí con la cabeza.

Recuerdo haber visto Horton's Cross en el mapa. Es donde acaba el sendero de Ibrahim, y donde yo me desvío de la Ruta del Gran Roble, y desde donde arranca el último tramo hasta la estación de servicio. Y aunque no sé muy bien si debería estar andando con un anciano, ni si será difícil librarme luego de él, también me alegro de que el bosque vuelva a ser un lugar agradable, porque Ibrahim me acompaña.

CURIOSIDAD SOBRE LOS PÁJAROS N.° 23

En el mundo hay más gallinas que personas.

Creía que con Ibrahim iría más despacio, pero sucede todo lo contrario. Más bien va demasiado rápido, y en algún momento finjo que tengo que atarme los cordones de las botas para recuperar el aliento.

Mi abuela tiene setenta y cinco años y casi no puede andar. Le gusta jugar al ajedrez y ver la televisión, pero no puede andar mucho porque tiene mal la cadera. Yo creía que toda la gente mayor era así.

—¿Cómo es que se te da tan bien andar?

Ibrahim se ríe.

—La sabiduría de un hombre está en su cabeza, no en los años que tiene.

Sacudo la cabeza.

—¿Eso qué significa?

Da grandes zancadas y agita los brazos como si el campo entero le perteneciera.

—Es un proverbio. En mi país, mi padre intentaba mantenerme a raya con proverbios. —Sus ojos vuelven a brillar con picardía—. Este significa que uno es tan joven como se siente. Y yo me siento joven porque pienso como un joven.

Sonrío, porque aunque Ibrahim parece viejo, su sonrisa me recuerda un poco a Gan.

—También significa que no por ser viejo soy más sabio. —Vuelve a reírse a carcajadas.

—A mí me pareces sabio. Has sabido qué hacer con la picadura de abeja y ahora me duele bastante menos.

Ibrahim finge poner cara seria.

—Uy, sí, soy muy responsable. —Y vuelve a echarse a reír, por lo que no creo que lo piense de verdad.

Mientras andamos, me fijo en que se lleva la mano al bolsillo de la camisa cada dos por tres. Le da un par de palmadas o le susurra algo en otro idioma. Y cuando levanto un poco la vista, veo algo así como un trozo de papel que asoma.

Y pienso que tal vez a Ibrahim le ha pasado lo mismo que a Lulu, Madge y Gan.

—Ibrahim, ¿tú qué has perdido? —le pregunto.

Abre una verja para que pase, y así lo hago.

—¿A qué te refieres con «perdido»?

—Bueno, hasta ahora, todas las personas con las que me he cruzado habían perdido algo, y yo les he ayudado a encontrarlo. Así que también te puedo ayudar a ti si quieres.

—¿Por eso ibas tan rezagado del grupo?

Escondo la cara mientras vuelve a cerrar la verja. Me había olvidado de que él cree que voy con el grupo de senderistas. Y dice que no con la cabeza.

—Tengo todo lo que necesito. —Vuelve a darse unas palmaditas en el bolsillo—. Yo no he perdido nada de nada.

Pasamos por delante de una hilera de casas y de unas gallinas que picotean en el borde de la carretera, como si se creyeran salvajes y libres, y mantengo la cara escondida, no sea que alguien que mire por alguna ventana me reconozca.

–Pero algo habrás perdido –insisto.

Llegamos a otra verja con un charco enorme al otro lado. Ibrahim salta por encima con sus largas piernas, y yo quiero hacer lo mismo, pero me siento en la cerca a mirar el agua. No se me da muy bien dar saltos largos, ni siquiera tomando carrerilla, y este charco es grande y parece profundo.

–Quizá haya llegado el momento de que dejes de ayudar a los demás –dice, mientras coge un ladrillo roto que encuentra entre los arbustos–, y que dejes que te ayuden a ti. Como tendría que haber hecho la abeja.

Lanza el ladrillo al charco, y el agua turbia se levanta y desciende como una fuente, y luego se arremolina y forma burbujas alrededor del peldaño recién creado para que pueda pasar.

–Un buen compañero hace corto el camino largo.

Me tiende la mano. Ahora será fácil saltar sobre el ladrillo para cruzar al otro lado.

Llegar hasta Rosie es lo único que he querido hacer cuanto antes desde que salí a buscarla. Pero ahora que estoy tan cerca, de pronto creo que no quiero que mi largo viaje se haga más corto.

Ibrahim sonríe y asiente, mirando el ladrillo. Pero yo no necesito su ayuda. No necesito amigos en la escuela, ni padres que me escuchen, ni ser capaz de cruzar un charco, ni encontrar a mi hermana desaparecida.

Lo haré. Pero lo haré a mi propio ritmo.

Pienso en esto durante un rato, y me imagino saltando como un obispo colilargo. Los obispos colilargos habitan en Kenia y Tanzania, y tienen unas colas larguísimas que les gusta exhibir en competiciones de saltos para llamar la atención entre la hierba larga. Me imagino con una cola de plumas largas, aprieto los dientes y me impulso hacia arriba desde la verja. Ibrahim se queda boquiabierto al verme aterrizar al otro lado del charco con un ¡chof! Y aplaude, y yo mantengo la cara escondida, porque noto que me ha entrado agua en la bota. Porque en realidad me ha faltado un poco, y tengo la mano llena de fango porque me he resbalado al tocar el suelo.

Pero lo he conseguido. Y yo solo.

Ibrahim echa a andar medio bailando y yo lo sigo con los calcetines empapados. Sé que ha perdido, algo aunque no me lo quiera decir. Y también sé que soy capaz de encontrar lo que me proponga. Incluso una hermana desaparecida.

Incluso si me cuesta una eternidad.

Los dormideros invernales de los estorninos llegan a albergar millones de aves.

Caminamos por un sendero con un surco en la parte central. Para poder pasar, tenemos que poner un pie en el fondo del socavón y otro en el borde, de forma que, más que andar, parece que nos tambaleemos. Y a pesar de que aún estoy inquieto por lo cerca que estamos y porque es

Estornino

casi la hora de cenar, oigo el trino de las alondras y de los carboneros, y la brisa que agita los árboles como si fueran de papel de seda, y me tranquilizo.

El cielo parece un lago inmenso donde flotan los aviones. Algunos forman ondas de espuma en el cielo y dejan estelas de burbujas blancas para que las aves se bañen en ellas.

Creo que los pájaros están contentos de que hoy no llueva como ayer, porque ya no se esconden y vuelan como locos y hacen piruetas y se zambullen en las profundidades del azul.

Sin perderlos de vista, intento deducir en voz alta qué clase de pájaro es cada uno, lo cual es más difícil cuando están volando que cuando están quietos trinando en los árboles.

Pero entonces oigo algo y, a medio tambaleo, paro en seco.

–Jasper...

–Chis... –digo–. Escucha.

Escuchamos y suena como una urraca. Pero luego el sonido se convierte en el canto de un gorrión, y luego suena como si alguien estuviera serrando un bosque de árboles o como si clavara clavos en un trozo de madera, y entonces me doy cuenta de que es un estornino. Es como escuchar a la gente que sabe hacer *beatbox*. El trimestre pasado, la señorita Li nos enseñó un video de percusionistas de *beatbox* durante la clase de música. El *beatbox* consiste en hacer sonidos usando solo la boca y el cuerpo. Algunos de los que salían en el video sonaban como si llevaran encima una banda entera, con baterías y bajos, y silbatos escondidos en los labios.

Los estorninos son los pájaros percusionistas más brillantes, y seguramente son mejores que cualquier ser humano.

—¿Eso que suena es un solo pájaro? —pregunta Ibrahim, con los ojos cerrados y la cara vuelta hacia el cielo.

—Solo uno —respondo—. Los estorninos imitan sonidos. Aprenden los cantos de otras aves y el sonido de otras cosas que tal vez sería mejor que no aprendieran, como el ruido de las alarmas de los coches. Pero aparte de eso, está bien, ¿verdad?

Ibrahim asiente sin decir nada, con los ojos aún cerrados, y yo sonrío, porque me está escuchando.

—Solo el ruiseñor es mejor cantor. Los ruiseñores conocen cientos de canciones distintas. ¿Has oído alguno alguna vez?

Ibrahim contesta que no con la cabeza. Y entonces él mismo se pone a cantar.

Empieza muy bajito y luego cada vez más alto. Miro alrededor para ver si alguien nos observa, pero parece que no hay nadie más en el camino. El estornino calla, igual que todos los demás pájaros, así que cierro los ojos como él y escucho.

La canción es en otra lengua, pero diría que habla de ir en tren, porque dice algo así como chucu-chucu-chu, y hay notas largas, como si atravesáramos túneles. Una parte es triste, pero luego cambia a un ritmo más optimista y me hace pensar en la cara de Rosie, y la imagino escuchando el canto del ruiseñor bajo otro árbol, mirando al cielo como nosotros. Y es como si escucháramos la misma canción, aunque nos separen unos cuantos cuadrados del mapa: estamos separados, pero juntos.

Ibrahim deja de cantar y, durante unos minutos, el mundo entero parece haberse quedado sin palabras.

–¿Qué idioma es?

Abre los ojos y parpadea como si acabara de darse cuenta de dónde estamos.

–Es turco. Era mi lengua materna cuando me mudé aquí con mi mujer... hace ya sesenta años.

–Es muy bonita –digo–. ¿Eres cantante profesional?

–Antes sí. Mi mujer y yo teníamos un grupo. Recorríamos el país cantando a la gente en bodas y en festivales y hasta en la calle. Mientras hubiera alguien dispuesto a escucharnos, cantábamos. –Ibrahim vuelve a tocarse el bolsillo de la camisa, y lo hace con la mirada en alguna otra parte.

–¿Y ahora tu mujer dónde está? ¿También es miembro de los Senderistas de Dunton Mayfield?

Crispa el rostro ligeramente, y el estómago me da un vuelco, y quiero que la pregunta regrese a mis labios, como si la aspirara de vuelta con una pajita.

–Antes lo era –dice, sin levantar ya la mano de encima del bolsillo–. Pero ahora está en un lugar mejor.

Las palabras pasan por mi cuerpo como una descarga eléctrica y doy un respingo hacia atrás, que sobresalta a Ibrahim, quien busca con la mirada con qué puedo haberme hecho daño.

Ha sido él. Sus palabras pululan como abejas de aguijones afilados, al igual que esa otra palabra...

«Trágicamente.»

No puedo seguir escuchándolo. No puedo pensar.

Así que me tapo los oídos y echo a correr.

El ruiseñor forma parte de una familia de aves llamada muscicápidos.

Siempre he pensado que las palabras son algo extraordinario, cosas reales que me ayudan a tranquilizarme. Pero la cara que ha puesto Ibrahim cuando ha dicho que su mujer estaba «en un lugar mejor» se mezcla con la que puso mi padre cuando me dijo lo mismo, y ahora las palabras son como espinas.

«Rosie se ha ido a un Lugar Mejor», dijo papá.

Eso significa que está con nuestro ruiseñor. Que ha subido a un árbol para escuchar el canto a la oscuridad del atardecer y me espera para que suba con ella y para sentir que todo vuelve a estar en su sitio.

Ya no quiero saber qué ha perdido Ibrahim.

Corro sin parar por el estrecho sendero, tropezando con los baches del terreno. Veo borroso y el pánico me nubla la mente, y no me fijo en la madriguera que algún conejo ha excavado en medio del camino.

–¡Ay! –grito al dar un traspié. Y me agarro el tobillo cuando me caigo al suelo.

El dolor se mezcla con todas las otras cosas malas y me echo a llorar.

Oigo a Ibrahim agacharse a mi altura. Quiero decirle que se vaya, que me deje en paz, pero a la vez tampoco es lo que quiero. Me examina el tobillo y lo dobla con cuidado a la izquierda y a la derecha sin dejar de mirarme, pero sin decir nada.

–Diría que el tobillo está bien –dice, con una sonrisa amable–. Solo es un esguince... Has tenido suerte.

Pero no siento que tenga suerte. Ibrahim me da un pañuelo de papel y me observa con atención mientras me limpio los ojos, mirando a ambos lados del sendero.

—¿Y tú tienes móvil, Jasper?

Le digo que sí con la cabeza.

—Pero está roto.

Ahora Ibrahim pone cara de preocupado. Esto también debería preocuparme a mí, pero estoy cansado y confuso, y solo tengo ganas de echarme a dormir un rato.

—Tendríamos que seguir andando, porque no tardará en hacerse de noche —dice Ibrahim mirando al cielo, que todavía es de un azul intenso, pero que, según mi reloj, en cuestión de dos horas se volverá de un negro profundo.

—No quiero —digo en voz baja.

Veo que Ibrahim no sabe muy bien qué hacer, pero asiente con la cabeza y se sienta conmigo, a pesar de que el suelo está embarrado y lleva pantalones claros, como yo.

—De acuerdo —dice—. Además, es hora de merendar.

Mi estómago gruñe cuando abre su enorme mochila y saca un pícnic en toda regla. Ha traído un montón de cosas: bocadillos, pastitas de té, aceitunas, barritas de chocolate y cerezas envueltas en papel de cocina después de haberlas lavado en el fregadero. Primero solo cojo la fruta, pero enseguida empiezo a encontrarme mejor, así que me como tres bocadillos, una pastita y un puñado de aceitunas. Todo es muy dulce o muy salado, así que me bebo de golpe casi toda el agua de una botella que me ha ofrecido.

—Perdona por haberme ido corriendo.

Ibrahim asiente con la cabeza.

—¿Te gustaría decirme por qué? Puedes confiar em mí, Jasper.

La verdad es que confío en Ibrahim. Y es extraño, porque solo hace unos días me habría parecido imposible confiar en un adulto al que no conozco, y menos aún mantener una conversación con nadie. Pero tengo la sensación de que, si le cuento a alguien lo que estoy pensando ahora mismo, podría liberar el águila del pánico que tengo enjaulada en el pecho, y tengo miedo.

Así que en lugar de decirle lo que estoy pensando, enumero los pájaros que oigo trinar en los árboles, como un petirrojo que emite una llamada de alarma, y una curruca capirotada y un gorrión común, que no un estornino imitándolo. Con cada ave que identifico, tengo un poco menos de miedo y un poco más de fuerza.

—Muy bien, muy bien —dice Ibrahim, al parecer impresionado.

—Rosie, mi hermana mayor, me ha enseñado un montón sobre pájaros —le cuento, sin apartar la vista de las botas–. Todo empezó con el ruiseñor. Cuando era pequeño, solía sacarme a escondidas de casa cuando supuestamente debía estar arropándome en la cama, y me ayudaba a subirme al árbol. Y luego simplemente esperábamos sentados a que se pusiera a cantar, y eso era lo mejor del mundo.

–Lo mejor del mundo –repite Ibrahim–. Eso me gusta.

–Luego, cuando me hice mayor, también hacíamos excursiones, y me contaba que los cantos de las aves son como un rompecabezas muy complicado, porque se comunican entre ellos a la vez, y las piezas se revuelven. Pero una vez que sabes cómo suenan cada una de esas piezas, es fácil identificarlos y ya dejas de romperte la cabeza.

Miro a Ibrahim de reojo, porque creo que estará aburrido o enfadado conmigo por hablar tanto de pájaros, como le pasa a veces a papá. Pero me está escuchando, y eso me hace sentir bien. A lo mejor así es como se sentía Gan cuando me contó que su padre se había ido. Como si pudiera hacerlo porque yo lo entendería.

Me relamo la sal de los labios.

–Desde siempre, el ruiseñor lleva viniendo todos los años a un prado que hay detrás del jardín de mi casa, Ibrahim. Pero llevo esperándolo todas las noches desde que empezó la primavera y aún no ha llegado. Sé que cada vez hay menos ruiseñores porque la gente tala los arbustos donde hacen los nidos, pero yo pensaba que nuestro ruiseñor estaría a salvo porque está cerca de casa y siempre procuramos que se sienta a gusto. –Me tiemblan las manos–. Y con Rosie pasa lo mismo... Yo creía... yo creía que estaría a salvo.

Noto la mirada intensa de Ibrahim.

–Cuando quieres a una persona, haces lo posible para encontrarla, ¿no? –le pregunto.

Espero a que Ibrahim asienta o diga uno de sus proverbios, pero no lo hace. Se queda muy quieto. Ojalá sea que haya dejado de escucharme y que vaya a decirme que todo va a ir bien..., que el ruiseñor volverá. Que no tardaré en encontrar a Rosie y que ella sabrá lo que hay que hacer para que las cosas vuelvan a ser como antes, para que un niño y su hermana puedan volver a sentarse en un árbol.

Al fin, se vuelve hacia mí y me mira con ojos tristes.

–Aquel que esconde su pena nunca hallará consuelo. No hay nada más valiente que expresar la propia verdad, Jasper.

Y empieza a guardar la comida y se pone a cantar otra vez. Es la misma canción de antes, pero ahora es como si el tren se descarrilara.

En teoría, todos los cisnes blancos de Inglaterra y Gales son propiedad de la reina.

Seguimos el camino en silencio. Ibrahim acelera otra vez el paso, pero yo estoy cansado y arrastro los pies. Entonces llegamos a un parque con una estructura para escalar, un columpio y un tobogán.

En un cartel pone:

BIENVENIDOS A HORTON'S CROSS

En el columpio, una chica adolescente empuja a un niño de mi edad. Llega tan alto que parece que vaya a dar la vuelta entera, pero le está diciendo que empuje más y más fuerte. Y la chica lo empuja y se ríe y tiene las mejillas muy sonrosadas.

La chica no se parece a Rosie. Y el chico no se parece a mí, porque a mí me da miedo llegar tan alto en el columpio. Aun así, tengo un escalofrío.

Delante de nosotros está el río que recuerdo haber visto en el mapa como una serpiente gorda deslizándose entre los robles y las rocas. Tengo que cruzarlo porque mi camino sigue a través del prado al otro lado, pero el de Ibrahim termina aquí.

Ibrahim mira alrededor en busca del resto del grupo, pero no veo a nadie más con jerséis verdes como los nuestros.

–Tendríamos que buscar ayuda –dice en voz baja.

El pánico me empieza a oprimir la garganta, porque no sé qué hacer. Quiero que Ibrahim siga conmigo para encontrar a Rosie, pero no creo que él quiera, y no puedo decirle que le he mentido.

Echa a andar por el camino en dirección al pueblo, cuando de repente oímos:

—¡Socorro! ¡Que alguien nos ayude!

Ibrahim gira en redondo con los brazos extendidos como un superhéroe, listo para entrar en acción y volar. Miramos a nuestro alrededor y vemos a dos niños más pequeños que yo, tan iguales que parecen la misma persona, que saltan y agitan las gorras para llamar nuestra atención desde la orilla del río.

Aunque parecen asustados, mi cuerpo se inunda de una sensación de alivio al oír sus voces.

Ibrahim trota hacia ellos, y yo lo sigo.

—¿Estáis bien? —pregunta.

Los niños están sin aliento de tanto saltar. Son idénticos, y el hecho de que los dos lleven los mismos petos y el pelo de punta no ayuda a distinguirlos.

—Es nuestro padre... —dice preocupado el niño de la izquierda.

—La barca se ha encallado y ahora ha desviado el rumbo —explica el de la derecha.

Miramos al río, donde el agua corre entre rocas musgosas y juncos verdes. Y no muy lejos de la otra orilla, vemos a un hombre con cara de sentirse ridículo en una barca de remos encallada en el nido de un cisne.

–No pasa nada, de verdad –nos grita el padre desde el otro lado–. Seguro que puedo...

Mueve la barca a un lado y al otro, y cuando esta se inclina, levanta los brazos al aire y casi cae al agua.

Ibrahim me mira.

–No creo que...

Pero el gemelo que está más cerca de mí parece asustado.

–Por favor –dice–. Hace mucho rato que está encallado.

El otro gemelo coge un remo que hay tirado en la hierba.

–Se le han caído los dos al agua. Hemos recuperado uno, pero hemos perdido el otro.

–Tenemos que ir a buscar ayuda –dice Ibrahim, y ahora parece un adulto de verdad, y no un niño en el cuerpo de un anciano–. ¿Sabes si tu padre tiene teléfono móvil?

Los gemelos charlan animadamente con Ibrahim, y el río me ha puesto tan nervioso que es como si corriera por mis venas, con el murmullo del pánico. La policía me va a pillar, y me detendrán si no me marcho ahora mismo.

Así que, como he ido haciendo desde que he salido de casa, mantengo el pánico bajo control. Me quito las botas, meto el mapa en el bolsillo, tomo el remo del suelo y echo a correr hacia el río.

Los gemelos se ponen a gritar cuando me ven correr hacia el agua.

−¡Lo está haciendo!

Salto sobre una roca que sobresale del agua. Esta fría y resbala, y me tambaleo.

Ibrahim intenta agarrarme y tirar de mí.

−¡Jasper, no! El hombre puede salir por la otra orilla... Tú yo tenemos que encontrar a los demás.

−¡Estoy bien! −le digo, recuperando el equilibrio−. Mira..., esto nos pasó una vez a Rosie y a mí, un día que buscábamos cisnes en un lago. Se me cayó un remo al agua, y Rosie me enseñó a hacer una brazada con uno solo para poder avanzar con la barca. No hacen falta los dos remos. −Levanto el remo y añado−: Con este nos basta.

−Hay que llevarte a casa ya, Jasper.

Parece preocupado, pero no le hago caso. Clavo el remo en un banco de fango delante de mí, donde el agua no es muy profunda. Lo hundo bien con mi peso, me impulso y salto. Entonces avanzo dando saltos a izquierda y derecha sobre unas rocas más pequeñas, para llegar a otra más grande, sobre la que no es fácil saltar porque es puntiaguda como una montaña encogida.

−¡Ten cuidado! −grita el hombre desde la barca.

Me paso la mano por la cara y me siento como puedo en la roca un momento para recobrar el aliento. Casi he cruzado el río. Los gemelos están dando saltos en la otra orilla.

Pero ¿dónde está Ibrahim?

Giro en redondo y lo veo corriendo por la orilla en el sentido contrario. Le grito que pare, porque lleva en la mano mis botas. Pero entonces va hacia una parte de la orilla que se adentra en el río y, con sus largas piernas, salta al otro lado.

Me pongo de pie rápidamente, para saltar antes de que Ibrahim me alcance. La barca está solo a una roca de distancia. Esperaba que el padre estuviera impresionado por cómo un niño asustado es capaz de cruzar un río para salvarlo, cuando él mismo no ha podido. Pero no, se limita a mirarme fijamente. A mirarme a mí.

Vuelvo a perder un poco el equilibrio.

−¿Tú no eres el niño desaparecido de las noticias? −pregunta.

Salto a la última roca y entro estrepitosamente en la barca.

–No, yo no he desaparecido. Yo estoy aquí.

Hago cuña con el remo en el nido y empujo con todas mis fuerzas para mover la barca, mientras el hombre saca el teléfono móvil.

El remo se cae.

–Pues te pareces mucho a él. Está en todas las noticias. Han dicho que ayer un niño se escapó de su casa para buscar a su hermana y sus padres están desesperados.

Empiezo a notar la presión en el pecho. Y entonces Ibrahim llega corriendo y me tiende la mano desde la orilla.

–Jasper –dice–. Ven.

Pero todo se vuelve borroso porque me han encontrado.

El hombre hunde el remo con fuerza en el nido.

–Qué bien que tu abuelo esté contigo –dice, contento–. El niño desaparecido de las noticias está solo, el pobre. Y, encima, con lo que le pasó a la hermana... Es una tragedia.

La sangre me hierve.

¿Qué es una tragedia? ¿Qué?

Pero también quiero darle un empujón y romperle el teléfono y no tener que volver a hacer esa pregunta nunca más. Miro a Ibrahim para que tampoco lo escuche, porque las palabras están convirtiendo el río en un mar enfurecido.

–¿El niño desaparecido de las noticias? –pregunta despacio.

El padre le enseña el móvil, e Ibrahim lo mira.

Me acerco a toda prisa por el borde de la barca, estiro el brazo e intento quitarle el teléfono.

Pero Ibrahim ve algo. Algo terrible. Lo sé porque el brillo de sus ojos desaparece y se oscurecen como los de un cuervo muerto.

Me mira, y su cara se descompone.

Siento que me caigo.

Que me hundo.

Que me hundo en el agua helada.

CURIOSIDAD SOBRE LOS PÁJAROS N.° 27

El colibrí es el único pájaro capaz de volar hacia atrás.

Salto.

Salto con todo.

No me he caído al agua. Y Rosie está bien. Está bien. Está bien. Voy a encontrarla. Y ahora mismo, en la estación de servicio, donde estará escuchando al ruiseñor... en su Lugar Mejor.

Y salto.

Salto a la orilla y me alejo del padre y de su barca encallada, porque ha sido una tontería detenerme cuando tendría que haber seguido andando, perdóname, Rosie.

–Jasper –dice Ibrahim con mis botas en las manos.

Pero no lo necesito. No necesito a nadie, no necesito nada. Soy todo lo que Rosie necesita, y ella es todo lo que yo necesito.

Así que echo otra vez a correr.

Desde aquí oigo llorar a los gemelos, porque no he salvado a su padre. Pero ha dicho eso de la tragedia, así que por mí puede quedarse ahí encallado.

También oigo a Ibrahim corriendo detrás de mí, intentando detenerme. Pero es muy viejo, y no pienso parar. No pararé hasta que encuentre a Rosie y le diga que siento haber tardado tanto.

–No lo sabía –repite Ibrahim una y otra vez–. Al llevar puesto ese jersey, creía que...

–¡No hay nada que saber! –grito sobre el ruido atronador del agua.

Ibrahim tiene una expresión muy preocupada, crispada, y me mira con los ojos muy abiertos.

Las ramas y las piedras bajo la hierba se me clavan en los pies y el viento me enfría las costillas.

Entonces distingo una verja que me llevará de vuelta al bosque y, de ahí, a la estación de servicio. Giro en redondo y, de un tirón, recupero las botas de las manos de Ibrahim, que resopla. Me las calzo sin calcetines. Cuando empiezo a trepar la pasarela de madera, Ibrahim me coge por el hombro para impedírmelo.

–Jasper, necesitas ayuda...

Lo aparto de mí, y retrocede, porque estoy hecho de fuego y duele mucho, mucho, mucho...

–¡Yo no necesito NADA! –bramo, tan fuerte que los cuervos ocultos en los árboles echan a volar en desbandada–. Soy valiente y listo. Ya había recorrido un largo camino solo antes de conocerte y no te necesito. Vete a tu casa.

Levanta las manos, parece asustado, y debería estarlo.

–Tus padres están muy preocupados. Tengo que llevarte a casa, Jasper. Tienes que parar.

Sus palabras tienen el efecto de un rayo sobre mis huesos y piernas, y me pongo a dar patadas y más patadas a la verja, y aunque me duelen los dedos, no puedo parar. No puedo. El horrible ruido metálico hace chillar a los pájaros, pero al menos sofoca las cosas malas que hay en mi cabeza. Tengo que sacar esa palabra de ella. Pero Ibrahim la ha leído. Y he visto sus ojos cuando lo ha hecho.

—¡Vete! —le digo, volviéndome hacia él, apretando los puños—. ¡Solo eres un viejo estúpido que se comporta como un niño, y quiero que te vayas!

Ibrahim se pone triste.

—La herida del puñal sana, pero la de las palabras se encona.

Y eso me enfurece aún más. Pero no puedo seguir gritándole, porque me he quedado sin palabras, así que me limito a subir y cruzar la verja. Ibrahim me coge por las asas de la parte de arriba de la mochila, pero me zafo, de manera que la mochila se queda en sus manos, al otro lado.

La hierba en este campo es alta, y aunque Ibrahim es rápido, yo soy más pequeño y sé cómo esconderme mejor. Corro como no había corrido en mi vida.

—¡Jasper! —grita Ibrahim, una y otra vez—. ¡Jasper, por favor!

Cruzo de un salto un arroyo y me doy impulso para deslizarme por una ladera, hasta que llego al fondo,

donde puedo ocultarme entre la hierba. Me tapo la boca
con la mano para no respirar tan deprisa y me quedo lo
más quieto posible, aunque noto el frío y la humedad del
barro filtrándose en la ropa.

Ibrahim sigue llamándome desde arriba. Y, con mi
voz interior, le digo que me deje en paz. Que se puede
quedar las palabras que me ha dicho, porque no las
quiero en absoluto. Pero a medida que su voz se aleja, el
mundo parece cada vez más oscuro.

Garza

La envergadura de la garza mide el doble que su cuerpo.

Tumbado sobre el fango, creo que estoy llorando, pero tengo demasiado frío para saberlo a ciencia cierta.

Rosie ocupa todos mis pensamientos.

Pienso en el día que cumplí nueve años. Quiero leer sobre ese día en nuestro *Libro de los pájaros*, pero está en la mochila, y la tiene Ibrahim. Y aunque mi pecho es ahora como un pack entero de latas de Coca-Cola efervescentes de pánico, no consigo calmarlo con ninguna otra historia.

Mamá y papá me dijeron que el de los nueve iba a ser el mejor cumpleaños hasta el momento porque sería el último de un solo dígito antes de los diez. Pero a mamá y a papá no se les da bien cumplir promesas últimamente, y fue un cumpleaños como cualquier otro. Se encerraron en el despacho y me prometieron que saldrían, pero no lo hicieron. Así que llamé a Rosie.

Cogió el coche y vino a buscarme para llevarme al embalse, que es una especie de lago enorme que llega tan lejos que parece un océano.

–¿Tendríamos que haber traído el bañador? Porque yo no lo he traído –le dije cuando salimos de su tartana.

–Pues tendrás que bañarte en calzoncillos –contestó, dándome un codazo, pero lo decía de broma, porque había carteles que decían que no estaba permitido el baño. Así que nos pusimos a andar por la orilla.

Durante el paseo vimos una garza enorme que al alzar el vuelo parecía un dragón. Vimos una bandada de gansos que graznaban entre ellos. Y había ánades reales y garcetas, y otras aves no acuáticas como vencejos, lavanderas y agateadores. Las conté en voz alta para acordarme de registrarlas luego en el *Libro de los pájaros*.

Entonces vi una forma a lo lejos, en el agua, y pensé que quizá fuera una nutria, porque parecía tener pelo. Me paré en seco y agarré a Rosie por el brazo, porque es raro ver nutrias.

Miré por los prismáticos y vi que agitaba las patas en el agua.

—Más bien parece un gato...

—A ver... —dijo Rosie, cogiendo los prismáticos, pero sin quitarme el cordón del cuello. Y aunque me ahogaba un poco y me quejé, no me hizo caso porque estaba concentrada en el animal del agua—. Es un gatito —dijo.

Noté un escalofrío en la espalda.

—Pero los gatos no saben nadar, ¿no?

No me contestó. Se quitó los zapatos y el abrigo, y sacó del bolsillo las llaves del coche y el móvil para dármelos. Y empezó a meterse en el agua.

—¡Rosie! —le dije entre dientes—. ¡No puedes meterte en el agua vestida!

—No pasa nada —dijo sin detenerse—. Lo he hecho otras veces. —El agua ya le llegaba al pecho, y supuse que estaba fría porque soltaba gritos ahogados–. Iré con cuidado, no te preocupes.

Y, entonces, empezó a nadar. Y aunque no se oía nada en la orilla, en mi cabeza había una banda de rock que tocaba la batería a todo trapo. Busqué con la mirada algo con lo que salvarla si era necesario, pero no había un flotador salvavidas ni nada parecido. No había nada y estaba solo y no es que yo sea muy buen nadador.

Nadó hasta lo que, según ella, era el gatito, y, durante unos momentos, vi cierta agitación en el agua antes de volver a verla en la superficie. Volví a mirar con los prismáticos. La imagen temblaba en mis manos, pero distinguí a Rosie flotando de espaldas, con una bolita de pelo negro en la mano, sobre el pecho.

Se puso a nadar hacia atrás y tardó en llegar. Yo tenía miedo de que cogiera hipotermia y se ahogara, o de que hubiera algo en el agua que se la comiera, porque en los carteles ponía que no se podía nadar, y por algo sería.

Cuando estuvo cerca, cogió al gatito y se giró para salir andando del agua, y corrí a ayudarla sin pensarlo dos veces.

Temblaba mucho, así que la tapé con mi abrigo. Pero se lo quitó enseguida para cubrir al gato.

—Es muy pequeño —dijo, resoplando de frío—. Es un gatito.

Pero yo solo veía que mi hermana se estaba poniendo morada y, de pronto, me enfadé.

—¡Te podrías haber muerto! —grité.

Me miró sin hacerme caso y luego volvió la vista al gatito, que estaba mojado y parecía aturdido.

—¿Cómo me voy a morir, tonto?

Pero yo temblaba como si me hubiera metido en el agua gélida con ella, porque me di cuenta de que solo había estado pensando en eso durante los cinco minutos que había tardado en salvar al gato, y la sensación era horrible.

—¡Es mi cumpleaños! —grité—. ¡Imagínate que te hubieras muerto el día de mi cumpleaños!

Me cogió la mano, la suya estaba helada.

—Nunca te haría algo así —me dijo—. Pero si no hubiera ido, este gatito se habría muerto. Y su muerte no habría servido para nada.

Me miraba y sonreía y temblaba. Y yo la creí. Me creí que nunca me haría algo así, porque Rosie siempre está ahí. Incluso cuando mamá y papá no lo están, ella sí.

Y pensé que eso era un hecho firme e inalterable.

Cernícalo

CURIOSIDAD SOBRE LOS PÁJAROS N.º 29

Algunas aves, como el cernícalo, a menudo son avistadas sobrevolando los arcenes de las autopistas.

Con la cabeza gacha, sigo avanzando poniendo un pie detrás del otro.

Pienso en mi gata, *Fish*, que se quedó en casa, y me pregunto si habrá estado bien desde que me marché ayer. Cuando Rosie la salvó en el embalse, la veterinaria dijo que había tenido mucha suerte de sobrevivir, y todo gracias a Rosie. Al día siguiente pudimos llevárnosla a casa, pero mamá no quería quedársela porque estaba enfadada con Rosie por haberse expuesto a ese riesgo.

–¡Pues si hubieras estado con Jasper para su cumpleaños, como le prometiste, yo no habría tenido que llevarlo al embalse! –le gritó mi hermana.

Parecía que mamá iba a decir algo más, pero al ver que yo estaba delante, bajó la voz.

–Rosie, sabes que las cosas no son tan fáciles. El negocio por fin empieza a ir bien, si paramos ahora...

Rosie cogió a la gatita *Fish* y me la dio.

–Toma, Jasper –dijo–. Cuídala por mí. Enséñale a mamá qué significa de verdad estar presente.

Y le prometí que la cuidaría, pero muy bajito. Porque era como si con los gritos, Rosie hubiera conseguido que mamá parara un momento de trabajar. Porque se quedó sentada sin más, mirándome durante horas. Y luego se levantó y me llevó al pueblo a comprar comida y arena y juguetes para gatos.

Saco el mapa del bolsillo y veo que ahora estoy solo a un cuadrado de la estación de servicio. Entro en un largo camino asfaltado por el que la gente va en bici, procurando mantener la cabeza oculta bajo la gorra. Camino a través de túneles que pasan por debajo de la carretera, donde los coches empiezan a circular con las luces encendidas porque casi es de noche.

Falta poco para que oscurezca. Son las ocho, y el sol se habrá puesto dentro de nada.

Todavía me duele la garganta por haber gritado a Ibrahim, y cuando me acuerdo del momento en el que sus líneas de expresión empezaron a descomponerse, se me encoge el estómago.

A estas alturas seguramente ya habrá encontrado a alguien que tenga teléfono y habrá llamado a la policía. Esto no me importa, porque probablemente yo también habría llamado a la policía para denunciar a alguien que me hubiera dicho cosas tan feas. Pero esto significa que ahora tengo que darme más prisa que nunca si quiero encontrar a Rosie antes de que me detengan.

A medida que avanzo a toda prisa por el carril de bicicletas, va anocheciendo. Ya no veo a gente paseando el perro o circulando en bici. Ya no se distingue nada de lejos, y tengo la sensación de que el mundo se va cerrando a mi alrededor. Me da miedo ir de noche por un sitio que no conozco, y una parte de mí desearía que Ibrahim apareciera de pronto y me acompañara lo que queda de camino. Pero como no es posible, me pongo a pensar en curiosidades sobre las aves.

CURIOSIDADES SOBRE LAS AVES AL ANOCHECER

Cuando se pone el sol, algunas aves, como los grajos y los cuervos, se reúnen en bandadas espectaculares antes de posarse en algún lugar para pasar la noche. Las bandadas de estorninos, llamadas también murmullos, a veces son como inmensas cintas retorciéndose en el cielo, formadas por miles de aves que vuelan juntas.

No veo bandadas ni murmullos de pájaros, pero al poco, en medio de la oscuridad, oigo el rugir del tráfico, que suena como cuando te acercas una concha al oído para escuchar el mar. Solo que este es un mar de tubos de escape y de camiones y motos que pasan con un estruendo.

En el mapa, la autopista es como una serpiente azul y gruesa, pero en la vida real es como una lengua de fuego amarillo.

Los coches pasan tan disparados que son como borrones. En la carretera no hay farolas, solo la luz de los faros de los coches, que provoca destellos amarillos y rojos, como llamaradas.

Estornino

Tengo que cruzarla. Pero no puedo hacerlo desde la carretera, porque las autopistas no están hechas para los peatones. Ni siquiera si el coche se te para en la autopista: tienes que aparcar en el arcén y salir con mucho cuidado, porque es muy peligroso.

Por suerte, veo que hay un puente. Es lo bastante ancho para que pueda pasar un coche, pero no hay ninguno. Aun así, camino por el borde y, desde el puente, miro los coches que pasan lanzados debajo de mí, como susurros ensordecedores.

Más allá del puente hay una hilera de árboles, y sigo la carretera hasta que llego a una rotonda. Y allí, al otro lado, iluminado con unas luces deslumbrantes, está el lugar por el que he recorrido todo el camino.

La estación de servicio.

Me alegro tanto de verla que grito y casi me caigo, porque estoy cansado y me duele el cuerpo. Están ahí, en alguna parte. Rosie y el ruiseñor. Tienen que estar ahí.

La rotonda es enorme, con barreras abolladas en el centro. Hay cuatro salidas, y en todas hay hileras de coches con luces de freno encendidas e intermitentes que parpadean. Buscando el paso de peatones, veo unos pequeños pasos elevados que indican que puedo pasar, pero no hay un semáforo en verde que me ayude.

Veo que tengo que cruzar dos carreteras. Así que espero a que el semáforo se ponga rojo para los coches. Un gran camión pasa por delante y provoca tanto viento que casi me vuelvo a caer. Pero recupero el equilibrio. Y espero y sigo esperando. Entonces empiezo a ponerme nervioso, porque la espera me está impidiendo llegar a

Rosie, pero tengo que ir con cuidado porque prometí a mamá y a papá que lo haría.

Entonces la luz del semáforo se pone roja y todos los coches se paran. Cruzo la carretera a toda prisa, aunque sé que no debería hacerlo porque podría tropezar y caer. Una vez en el otro lado, salto la barrera metálica y me mancho las manos de aceite, y me dirijo a la siguiente barrera por el arcén. Esta carretera es más difícil de cruzar porque los coches no avanzan en una hilera, sino que salen de la rotonda en todas direcciones. Vuelvo a esperar a que el semáforo se ponga rojo cuando me parece ver un espacio entre los coches y, al prepararme para cruzar corriendo, aparece una moto y casi me atropella.

Noto como si tuviera calor y quiero sentarme, pero no hay tiempo. Así que, en cuanto veo el semáforo rojo, cruzo corriendo por las líneas blancas del centro y...

Lo consigo.

Al otro lado de los guardarraíles de la carretera hay una gran gasolinera, donde los camiones repostan de unos gigantescos tanques ocultos bajo el suelo. Avanzo deprisa por la carretera, veo edificios con símbolos en las fachadas de aseos y cafeterías y restaurantes donde venden patatas fritas. Y me meto las manos en los bolsillos y toco el dinero que guardo para comprarle algo a

Rosie, y mentalmente le prometo que le compraré algo en cuanto la vea.

Hay un aparcamiento enorme con un montón de coches, pero no veo la tartana morada de Rosie. Veo a gente andando con las manos en los bolsillos. Veo farolas y papeleras y autocaravanas aparcadas.

Y no entiendo cómo un ruiseñor preferiría vivir aquí antes que en el campo tan bonito que hay detrás de casa. Y entonces me fijo en que hay un bosquecillo al fondo del aparcamiento, donde hay menos gente porque hay que andar más. Si yo fuera un ruiseñor, seguramente es donde iría si me perdiera en una estación de servicio.

Acelero el paso y cruzo el aparcamiento medio corriendo con los brazos en tensión, a los lados del cuerpo, y los puños y los dientes apretados. El rugido de la autopista llega hasta este lado de la carretera y también la alarma de un coche desde alguna parte, pero no oigo ningún pájaro. Ahora ya es de noche, y muchos ya duermen a esta hora.

Esquivo un coche aparcado y otro que está en marcha mientras me dirijo hacia los árboles. Y escucho.

–Por favor, que esté aquí, por favor, por favor...

Salgo del asfalto. Y en cuanto piso la hierba, lo oigo.

El canto del ruiseñor es uno de los más hermosos del planeta.

El ruiseñor canta.

Canta y para. Luego vuelve a cantar algo distinto, y vuelve a parar.

Canta tan alto que me vibran los oídos. El canto estalla en el cielo nocturno y hace titilar a las estrellas que acaban de salir.

El canto es el sonido de mi corazón y que mis huesos devuelven. Y si me abrieran el pecho, encontrarían pequeñas plumas marrones y un cofre con las notas que me quedan por cantar.

Me quedo de pie sobre la hierba, como si estuviera plantado, mirando a la noche, escuchando con toda mi atención.

Si cierro los ojos, casi tengo la sensación de haber vuelto a casa. Sentado en el árbol con mi hermana, pelamos con los dedos la corteza mientras identificamos la diversidad de notas, todas cantadas por la misma ave, y sabemos que cada una de ellas ha viajado miles y miles de kilómetros de distancia.

Pero entonces abro los ojos. Porque, aunque suena como si estuviera en casa, la sensación no es la misma. Porque mi hermana no está aquí para escucharlo conmigo.

Los polluelos del ruiseñor solo pasan entre diez y doce días en el nido.

El ruiseñor canta. Tal como me dijo Rosie la semana pasada en el árbol. Está aquí, y ella lo ha encontrado.

–¿Rosie? –grito.

El ruiseñor canta.

–¿Rosie? –grito otra vez.

El ruiseñor vuelve a cantar.

Miro por todas partes. Busco su coche morado en el aparcamiento. Busco sus ojos asomándose entre los arbustos, brillantes por el reflejo de las luces. Busco su dedo sobre los labios diciéndome que deje de hacer el tonto y que escuchemos juntos.

Respiro varias veces. Pero no me entra aire en los pulmones, y noto que floto en la nada y que me elevo más y más y más.

Sacudo la cabeza y avanzo a trompicones, tropezando con ramitas que han caído al suelo. Saltando de una rama a otra, busco frenéticamente entre los árboles.

–¡Rosie! –grito más fuerte.

Las sombras se han metido en mi pecho y cierran sus dedos entre mis costillas; duele más que cualquier punto que me hayan dado jugando al fútbol o cualquiera de las veces que casi me pillan en mi excursión hasta aquí.

–Me lo prometiste. Me lo prometiste –digo, girando sobre mí mismo–. He venido andando hasta aquí porque aquí es donde debía encontrarte, igual que he encontrado a *Buster* y la anilla de *Birdy* y el balón de fútbol... Y he hecho todo lo que he podido, Rosie, de verdad. ¡Para ya de esconderte!

Y los árboles devuelven el eco de mi voz como si yo fuera el que se ha perdido.

No llevo el silbato de emergencia ni hay caminos de piedras que me ayuden a avanzar. No veo a Rosie cuando me agacho y busco por debajo de las cosas, ni cuando trepo a un árbol para ver si está en la copa.

Corro, tropiezo y sigo corriendo, tocando los árboles, buscando por todas partes, llamando a Rosie a gritos..., pero no aparece. He perdido el mapa que llevaba, así que ahora yo también me he perdido y me pregunto si ella estará en medio de esta oscuridad.

–Por favor –digo, pero ahora en un susurro–: Este es tu Lugar Mejor. Estar conmigo es tu Lugar Mejor.

Caigo de rodillas sobre un suelo mullido y húmedo, pero es mejor que todas estas cosas horribles que siento. Así que hundo las manos en la hierba y las cierro con fuerza.

Oigo cantar al ruiseñor. Pero nadie le responde.

Los ruiseñores enjaulados suelen morir en su desesperación por migrar.

Alguien me llama.

—¡Jasper!

La voz suena lejana, pero a lo mejor es porque tengo una oreja aplastada contra el fango.

—¿Rosie? —digo, levantando la cabeza.

—¡Jasper!

–¡Rosie!

Me tambaleo al ponerme de pie y sigo el sonido en medio del canto del ruiseñor. Distingo entre los árboles el resplandor azul de la estación de servicio.

Me detengo y me agarro a un árbol para no caerme otra vez.

–¡Jasper! ¿Dónde estás?

La persona que me llama no es Rosie. Ahora la oigo bien, ahora la veo.

Es mamá.

Se abraza la cintura y lleva la rebeca mal abrochada. Papá está a su lado, con unos policías que llevan las luces azules de emergencia encendidas y enfocan las linternas hacia los árboles. Y parecen preocupados de verdad, como decía el artículo.

Pero esto significa que la otra cosa que decía el artículo es verdad. Y esa cosa no deja de dar vueltas a mi alrededor, como un tiburón de grandes fauces al acecho, y tengo miedo.

Me abrazo a un árbol. Pego la cabeza contra el tronco, como si pudiera fundirme en la madera, para no tener que oír que ha ocurrido algo «trágico».

–¿Jasper? –dice mamá, y sé que me ha visto, pero no quiero mirarla–. ¡Carl! ¡Carl, está aquí, Jasper está aquí!

Vienen los dos corriendo con los agentes de policía y sus grandes botas negras. Y mamá está llorando, y creo que nunca la había visto llorar, y eso me da miedo. Y la voz de papá suena rota.

—Jasper —dice mamá, y su voz tiene unas grandes grietas, por las que creo que voy a caer. Extiende los brazos hacia mí, y ya no puedo más, así que suelto el árbol y me aparto.

Mamá se para en seco. Papá también.

Nos quedamos allí, mirándonos, y todas las palabras que no nos decimos revolotean a nuestro alrededor, y el ruiseñor sigue cantando.

Abro la boca para decir algo. Y me pregunto si mis palabras podrían impedir que un pájaro cantara eternamente.

—¿Dónde está el Lugar Mejor?

Mamá se agarra a papá como si fuera a caerse, pero él tampoco parece muy firme.

—¿Dónde está Rosie? —digo mucho más alto.

Y no necesitan responderme, porque lo llevan escrito bien grande en la cara.

—Jasper, pensábamos que lo habías entendido —dice papá—. Pensábamos que... —Traga saliva. Y entonces se pone en cuclillas, me coge la mano y lo dice. Y esta vez lo dice claramente–. Jasper, lo siento. Rosie se murió la semana pasada. Nos ha dejado. Se ha ido.

Se le rompe la voz.

Y por un momento me pregunto por qué dice que lo siente. ¿Porque se ha perdido todos mis cumpleaños? ¿Porque nunca me escucha?

¿O porque mi hermana Rosie se ha muerto?

El tiburón me ataca para morderme y reacciono haciendo lo único que puedo hacer para zafarme de todos esos dientes.

Correr.

CURIOSIDAD SOBRE LOS PÁJAROS N.° 33

La esperanza de vida de un ruiseñor es de dos años.

Todos los árboles son monstruos.

Solían ser un lugar acogedor para mí y para las aves, pero ahora veo que las ramas tienen garras. Que intentan cogerme y desgarrarme cuando paso corriendo, que intentan hacerme caer con sus raíces.

La policía me persigue, pero no saben hacia dónde voy, porque yo tampoco lo sé. Solo tengo que alejarme de esas palabras, y debo de estar a punto de conseguirlo, porque cada vez hay menos árboles, y me encuentro una valla contra la que me estampo tan fuerte que mi cuerpo rebota.

Al otro lado está la autopista. Los coches rugen más fuerte que leones, y con cada rugido me dicen que no puedo pasar entre ellos.

Pero yo puedo hacer lo que me proponga. He llegado solo hasta aquí.

Apoyo un pie en la base de la valla y empiezo a trepar.

—Tu ruiseñor canta muy alto.

La voz está muy cerca, me doy la vuelta y casi me caigo al suelo. Es Ibrahim. Está apoyado en la valla como si me hubiera estado esperando.

Trago saliva.

—Es una de las aves que más alto canta —le digo, y me tiembla la voz—. Pueden cantar aún más alto si hay un ruido que intenta superarlos, como el de una autopista. He leído que llegan a superar el nivel de una motosierra.

Ibrahim se acerca un poco para apoyar los brazos en la valla y se pone a mirar el enjambre de coches del otro lado.

—Es un canto precioso —dice—. Ahora entiendo por qué has venido hasta aquí a pie.

Noto cómo las lágrimas me inundan los ojos como punzadas de agujas.

—He venido hasta aquí por ella. Para encontrarla. Pero no está...

Solo hay oscuridad entre los árboles.

—No todas las cosas que se pierden se encuentran de la misma manera —dice—. El corazón resiste lo que los ojos no ven. —Y se lleva la mano al corazón, lo cual no tiene sentido. Porque el corazón no ve, ni oye, ni siente, ni saborea nada.

Me enjugo los ojos con el dorso de la mano.

—¿Qué es ese papel que llevas ahí, Ibrahim? En el bolsillo de la camisa.

Se queda quieto un momento. Luego lo saca despacio y se lo queda mirando un momento, antes de darle la vuelta para enseñármelo, a pesar de la falta de luz.

Es una fotografía. Sé que es antigua porque es en blanco y negro. Pero aparece un hombre con una camisa blanca, y diría que es Ibrahim a la edad de mi padre. Está de pie, al lado de una mujer con el pelo largo y negro y una gran sonrisa. Y los dos llevan unas guitarras y es como si el mundo entero fuera suyo.

—Es mi mujer —dice, pasando un dedo sobre su rostro—. Leyla. Su ave del alma echó a volar hace siete años.

Recuerdo que también dijo el «ave del alma» al morirse la abeja que me picó en el dedo.

–Lo siento, Ibrahim –le digo. Y lo siento de verdad. Siento como si la pena impregnara mis huesos y como si fuera a romperme las costillas con su peso. Me agarro con fuerza a la valla–. Rosie. Su ave del alma...

Ibrahim asiente.

–Las aves del alma echan a volar. Pero nuestros seres queridos permanecen para siempre con nosotros.

Vuelve a darse unas palmaditas sobre el pecho y no sé si lo hace sobre el corazón o sobre la foto de su mujer, o si son una misma cosa, pero me agarro a la madera de la valla con todas las fuerzas que me quedan.

El ruiseñor sigue cantando y ahora quiero que pare, porque es muy extraño oír algo tan bonito en un momento en el que me están pasando tantas cosas malas.

–Siento no haber podido ayudarte a encontrar lo que perdiste, Ibrahim –le susurro.

Me aprieta el hombro.

–Claro que me has ayudado, Jasper.

Quiero decirle que no le he ayudado en nada y pedirle perdón por haberme portado tan mal con él, pero se me ha hecho un nudo en la garganta. Aun así, no aparta la mano y tengo la sensación de que me está ayudando a mantenerme en pie. Y supongo que eso es lo que hace un amigo.

Me devuelve la mochila.

—Tendríamos que ir con tus padres. Están preocupados.

Noto el contorno de *El Libro de los pájaros* dentro de la mochila y asiento con la cabeza.

Estoy a gusto andando otra vez junto a Ibrahim. Porque hay cosas que tal vez uno no puede hacer solo, ni siquiera cuando estás tan acostumbrado a ocuparte de ti mismo como yo.

Los ruiseñores representan un símbolo del amor.

Un grupo entero de policías nos está esperando. Y una ambulancia. Creo que la policía va a detenerme por armar todo este lío, pero no. Simplemente comprueban que estoy bien y hacen un montón de preguntas a Ibrahim, y luego cogen la radio para decir que se interrumpe la búsqueda de Jasper Wilde. Los de la ambulancia me examinan, pero aparte del dolor de pies y del dolor que siento dentro, estoy bien.

Una agente entra en el coche con mis padres No quiero ir con ellos, pero voy porque estoy muy cansado.

No quiero que mamá se siente detrás conmigo y me apriete la mano tan fuerte, pero la dejo porque parece asustada, y papá también. Por el retrovisor veo que papá conduce con los ojos muy abiertos. Creo que no está muy atento a la carretera.

No tardamos ni una hora en llegar a casa. Miro por la ventanilla e intento acordarme de los sitios por los que he pasado, pero de noche se ve todo distinto. Solo distingo un faisán en un seto, mirándome como si se preguntara si estoy bien.

Yo creo que no estoy bien, porque he ido muy lejos a pie para buscar a mi hermana y no la he encontrado. Y resulta que se ha muerto, y esto significa que nunca más la veré, y es lo peor que he pensado en toda mi vida. Lo normal es que ahora tuviera un ataque de pánico, ya que me angustio constantemente por cosas muchísimo menos importantes, pero de momento la pena ha ahuyentado al pánico. Me quedo sentado con la frente apoyada en la ventanilla, mirando las luces borrosas y las sombras que aparecen y desaparecen.

Cuando llegamos a casa, papá y la agente de policía quieren sentarse a hablar, pero yo no quiero hablar con ellos. Así que subo a mi habitación. Y mi gata *Fish* intenta seguirme, pero cierro la puerta para que no entre.

Y no me lavo los dientes ni me pongo el pijama y ni siquiera leo el *Libro de los pájaros*. Simplemente me meto en la cama y me quedo dormido.

CURIOSIDAD SOBRE LOS PÁJAROS N.º 35

No existen aves del todo mudas.

Cuando me despierto, lo he olvidado todo, y ha salido el sol, y brilla sobre mi almohada. Lo primero que pienso es que a lo mejor Rosie vendrá a vernos hoy, pero entonces recuerdo que no puede y es como si me clavaran un puñal en la barriga.

Quiero llamar a Rosie y pedirle que venga y me dibuje otra golondrina en la mano para que se me quite la pena, pero cuando lo hago, me salta el contestador una y otra vez. Tengo la sensación de estar de pie en el borde de un acantilado que se desmorona y, cuando caiga, un inmenso océano de oscuridad me estará esperando para devorarme.

Cuando bajo, encuentro a mamá en el sofá con la mirada perdida, y a papá, que la abraza con fuerza, pero dejan de hacerlo cuando me ven y me hacen sitio entre los dos. Pero no me siento con ellos. Me quedo de pie en la puerta, agarrando el marco con una mano.

–¿Por qué no me escuchabais? –pregunto.

Mamá se toca los botones de la rebeca y es muy molesto y desearía que dejara de hacerlo.

–Tienes razón, Jasper. Tendríamos que haber estado más atentos, y lo sentimos mucho, cariño. Tu padre y yo también estábamos muy tristes y creíamos que si nos distraíamos organizando el funeral, podríamos...

–Me dijisteis que estaba en un Lugar Mejor. Eso es lo que me dijisteis, y ahora resulta que se ha ido para siempre. ¡Ojalá os hubierais ido vosotros y no ella!

Ahora estoy gritando y no sé por qué, pero estoy muy enfadado y es como si me ardiera la piel y quisiera romper cosas, pero no me muevo del sitio. Me quedo agarrado al marco de la puerta y tiemblo como un terremoto.

Pero mamá me mira como si le hubiera tirado algo, y la cara se le descompone.

–Rosie tenía razón. Rosie siempre decía que nunca estabais presentes y nunca escuchabais, y tenía toda la razón. Porque no escucháis. ¡Y todo es culpa vuestra!

Papá se levanta y viene derecho a mí, y creo que va a cerrarme la puerta en la cara, pero no lo hace.

Me abraza, y muy fuerte.

Doy patadas y le pego y grito y le doy puñetazos en la espalda y digo «No, no, no, no, no», pero no me suelta y no me deja solo para ponerse a trabajar, y su cuerpo parece lo bastante fuerte para impedir que una montaña se derrumbe.

–Ya está, Jasper.

Paro de intentar hacerle daño y lo dejo llevarme al sofá en brazos.

–Estábamos muy preocupados por ti –dice–. Creíamos que te habíamos explicado bien lo que había pasado, pero no. Es que no queríamos que sufrieras, cariño. Y decirlo... a nosotros también nos cuesta mucho. Ya hemos visto que te ha hecho aún más daño no decírtelo, y lo sentimos mucho. Tendríamos que haberte dicho la verdad.

Sigue abrazándome fuerte.

—Cuando vimos la nota que dejaste, llamamos a toda la gente que conocemos, y la policía publicó un aviso de desaparición. Y nos llamó mucha gente diciendo que te habían visto: en un autobús, en un prado de vacas, ¡y hasta en el cobertizo de un jardín! Pero no sabíamos qué creer, porque estaba todo tan lejos para que hubieras ido solo, Jasper. Tan lejos...

Les quiero decir que fui capaz de llegar allí solo. Sin ellos. Pero no se lo digo.

—¿Cómo pasó?

Papá se queda callado unos momentos, y casi puedo oír su propio acantilado derrumbándose bajo sus pies, y aunque todavía estoy enfadado con él, me alegro de estar entre sus brazos.

—Fue..., fue un accidente de coche, Jasper. Lo siento.

Y entonces me cuenta la verdad. Me cuenta que Rosie se murió en su coche, con los asientos mullidos y la música alegre. Que iba de camino a casa a recogerme para salir a buscar juntos el ruiseñor, tal como había prometido.

Y tuvo un accidente y se murió. Así, sin más.

Pensé que a lo mejor se había muerto saltando a un embalse para salvar a otro gatito. O subiéndose al tejado de una casa, porque siempre lo hacía. Rosie no debería haber muerto en un accidente. Mi hermana quería salvar el mundo y, en vez de eso, el mundo se la llevó. Y no es justo.

Así que grito esto mismo a mamá y a papá, que no deja de abrazarme. No me dicen que todo va bien, porque no es verdad.

Estoy en medio de un océano frío y oscuro. Pero en vez de hundirme, unas manos me ayudan. Dos manos. Que cogen las mías y tiran de mí para sacarme a la superficie, donde hay aire.

E intento acordarme de respirar.

Los herrerillos colilargos no podrían construir sus nidos sin ayuda de las arañas.

Mucha gente de la escuela y de los periódicos quieren hablar conmigo, pero a mí no me apetece hablar con nadie.

La misma agente de policía que nos acompañó a casa en el coche vuelve el martes por la mañana y me pregunta si puedo hablar con ella a solas en la mesa de la cocina.

No lleva el uniforme de los policías del supermercado, sino una blusa con un estampado de plumas, y un moño que parece un nido en la coronilla. Se llama Avery, y me deja contarle cosas sobre aviarios, que son una especie de espacios que albergan aves en el zoo. Y me deja contarle varias curiosidades sobre los aviarios y las aves antes de preguntarme sobre mi aventura.

Me siento estúpido al decirle que pensaba que Rosie me estaría esperando con el ruiseñor, porque ahora sé que eso era imposible. De hecho, creo que ya lo sabía. Pero Avery me dice que, a veces, cuando ocurre algo malo, puede llevar un tiempo asimilarlo. Y yo deseaba tanto que Rosie estuviera bien que pensé que podría hacerlo realidad.

Creía que Avery me gritaría por salir a andar solo, pero no lo hace. Está encantada de escuchar todas las cosas que hice para estar a salvo, como no cruzar carreteras sin mirar a los dos lados y llevarme la cantidad de agua y de comida adecuadas. Le ha hecho menos gracia oír que hablé con desconocidos y me ha dicho que la próxima vez que vaya a salir solo, debería decírselo a un adulto y que me acompañara una persona conocida que fuera responsable, porque podría haber sido peligroso.

Me mira con sus ojos de color verde pino.

—No es culpa tuya, Jasper. Nada de esto es culpa tuya. Por favor, recuérdalo. Es muy importante.

Es como dijo Ibrahim: no hay nada más valiente que expresar la propia verdad. Y yo voy a hacer lo posible para ser lo bastante valiente para expresar la mía.

Después de la charla con Avery, salgo afuera y encuentro a papá en la caseta de observar aves de Rosie, sentado con la cabeza entre las manos.

Quería ver los clavos que Rosie clavó en la madera torcidos, pero con papá dentro, el silencio en la caseta es denso como el caramelo.

Intento escabullirme, pero me oye.

—¿Jasper? —dice, levantando la cabeza—. Ven, siéntate.

Aunque hay espacio de sobra, se hace a un lado para hacerme sitio en el banco. Me quedo en la puerta un momento de pie, pensando si debería alejarme del rostro gris y de los ojos cansados de papá.

—Por favor —dice.

Entro muy despacio y me siento.

La caseta desprende un olor cálido por el sol, y se oye el

zumbido de las moscas en los rincones. Pero fuera el jardín es verde, fresco y rebosa vida. El semillero que Rosie colgó del comedero en medio del césped crecido del jardín gira lentamente con la brisa y vemos cómo un petirrojo revolotea y se posa cerca, en una percha, mira que no haya moros en la costa y vuela hasta allí para llevarse la cena.

–Cuéntame algo sobre los pájaros –me dice papá en voz baja.

Me lo quedo mirando.

–Pero si tú nunca has querido oír hablar de pájaros. Nunca nos escuchabas.

Abre la boca, la cierra y vuelve a abrirla.

–¿Sabías que la idea del negocio de las barritas de semillas y frutos secos fue de Rosie?

Contesto que no con la cabeza.

–Pues sí. Y me pareció una buena idea..., una buena forma de unir a la familia. Pero luego se le quitaron las ganas de seguir haciendo barritas con el carroza de su padre, y todo su interés se concentró en la vida salvaje. Y todo era que si los zorros, que si las aves... Todos los días, a todas horas. Y entonces despertó tu interés y a ti te pasó lo mismo. Y yo... –Se frota cara–. Tienes toda la razón, Jasper. No tendría que haber insistido tanto en exigirle atención. Yo tendría que haberle prestado la mía. Y a ti también.

Se calla, y vuelve el silencio denso que me impide respirar bien. Me toco el dedo donde tengo la picadura de abeja. Ya casi no se ve, a pesar de lo mucho que me dolió al picarme, y me pregunto si pasa lo mismo con todas las cosas que duelen. Noto el pánico empezando a agitarse en mi pecho y me pongo a hacer respiraciones profundas para que no vaya a más. Pero se me olvida contarlas bien, así que es peor.

Papá tiende la mano para tomar la mía y la aprieta.

–Los pájaros, Jasper. Háblame de los pájaros.

–Los petirrojos... –digo con un resuello–. Los petirrojos cantan de noche por donde hay semáforos. El canto es distinto según la época del año. Es uno de los primeros pájaros en cantar por la mañana, y uno de los últimos en cantar por la noche.

Empiezo a recuperar la respiración normal a medida que hablo, hasta que vuelvo a encontrarme bien. Y me levanto para marcharme y dejar a papá solo otra vez, pero no me suelta la mano.

–Quédate –me pide, sin apartar la vista del comedero, al que han acudido varios pájaros a la vez–. Te estoy escuchando.

CURIOSIDAD SOBRE LOS PÁJAROS N.º 37

Muchas aves no regresan al nido una vez que lo abandonan.

No he vuelto a leer el *Libro de los pájaros* desde que pasó todo aquello. Pero hoy es jueves, y mamá me ha dicho que empiece a hacerme a la idea de volver a la escuela mañana, y estoy muerto de miedo.

El libro solía ayudarme a calmarme, pero ahora mismo tengo la sensación de que no dejo de angustiarme, y he pensado que leer sobre Rosie puede empeorar las cosas.

Pero acabo de encontrar en el bolsillo las monedas que guardaba para comprarnos una bolsa de patatas, y eso ha hecho que la eche tanto de menos que creo que voy a estallar. Así que me siento en la cama y apoyo el libro sobre las rodillas. Respiro hondo, lo abro por la primera página y empiezo a leer.

Leo cosas sobre distintas aves y sobre cómo Rosie me ayudó a conocerlas. Leo sobre las cosas que me enseñó a hacer y otras que seguramente no tendría que haberme enseñado. Y mientras leo es como si ella leyera conmigo, porque es el libro que escribimos juntos y está vivo aunque ella no lo esté. Al final del libro quedan muchas páginas en blanco, a la espera de llenarlas con más aventuras. Pero no habrá más, porque Rosie se ha ido y la historia se ha acabado.

La última historia que escribimos es sobre el día que Rosie encontró el cuervo muerto junto a la carretera, pero no creo que sea la mejor manera de acabar el libro. Y luego están las palabras que Rosie escribió con la intención de crear una historia, pero que terminaron siendo un final.

Rosie y Jasper salen tras la pista del ruiseñor.

PRÓXIMO FIN DE SEMANA

No puedo poner en estas páginas nada de lo que ocurrió durante mi aventura, porque es el libro que escribíamos juntos..., no un libro que escribo sin ella. Y a pesar de que encontré el ruiseñor y a pesar de que ella me ayudó sin estar conmigo, no me parece bien.

Así que saco las monedas del bolsillo y son como cinco puntos finales. Las pego en el libro con cinta adhesiva, una al lado de la otra. Y durante un buen rato me pongo a pensar en qué escribir, pero ninguna palabra me parece adecuada, así que dibujo una golondrina como la que Rosie dibujó en mi mano, y espero que algún día nos volvamos a encontrar y pueda cumplir la promesa de comprarle una bolsa de patatas.

CURIOSIDAD SOBRE LOS PÁJAROS N.º 38

No es demasiado tarde para ayudar a salvar al ruiseñor.

En un año pueden pasar muchísimas cosas. Como cumplir diez años aunque Rosie se haya quedado en la misma edad, lo cual se me hace raro. Y he podido empezar a escribir otro libro, porque no era capaz de llenar yo solo las páginas en blanco de nuestro *Libro de los pájaros*. Espero que Rosie esté leyendo el nuevo libro. Me sienta bien volver a hablar con ella.

Unos años son peores y otros son mejores, pero en general todos tienen un poco de las dos cosas, y así es como ha sido este primer año sin Rosie.

Al principio me costó volver a la escuela, porque todo el mundo sabía lo de Rosie y lo de mi aventura. Pero la señorita Li se portó muy bien, y había más profesores con los que podía hablar o con los que simplemente podía sentarme en silencio si lo necesitaba. Lo mejor fue cuando Gan se mudó de casa en junio y de pronto apareció en mi clase como el alumno nuevo.

En cuanto nos vimos, corrimos a abrazarnos muy fuerte, y el resto de la clase nos miraba sin entender qué pasaba. Gan no paraba de decir que lo sentía mucho, porque le había contado a su madre que me había visto en el jardín. Me dijo que se había quedado preocupado por mí, que quería ayudarme. Le dije que había hecho bien y que tenía razón al decir que a veces es mejor saber la verdad sobre algo, aunque ese algo sea un balón desinflado o una hermana que ha muerto en un accidente de coche.

Gan se sentó conmigo en clase y me ayudaba cuando empezaba a tener un ataque de pánico o cuando estaba especialmente triste, que a veces pasaba de manera inesperada. A Gan también le ocurría, de modo que me sentía bien por poder ayudarle también. Jugábamos al fútbol con los demás niños de la clase y resulta que a la mayoría también se les da bien ayudar si les dejo. Ahora tenemos muchos amigos. Pero Gan es mi mejor amigo. Es como si compartiéramos las mismas plumas, que quizá tengamos ocultas bajo la piel.

El año que viene, Gan y yo iremos a la escuela secundaria, y aunque a los dos nos asusta, también sabemos que Lulu estará allí para ayudarnos. A veces la vemos al volver de la escuela y se une a nosotros y nos habla de los últimos intentos de fuga de *Buster*.

Lulu y su abuela, además, consiguieron localizar a Madge, y nos invitó, a mí y a mamá y a papá, a merendar a su granja. Me presentó a sus nuevos periquitos, a los que ha llamado *Graji* y *Jasper* por la grajilla y por mí. El periquito que se llama *Jasper* es verde y amarillo y se me posó en el hombro como si yo fuera un pirata. Me di la vuelta para reírme con Rosie, pero de pronto recordé que no estaba. Pero mamá sí. Y aunque me puse triste, mamá se puso a hablar como un pirata y a hacer ruidos como si me lanzara cañonazos hasta que volví a reírme.

Otra cosa buena que ha pasado es Mel. Mel tiene la edad de Rosie, pero es diferente. Va en bicicleta y lleva un aro en la nariz, y ni siquiera le gusta la vida salvaje. Probablemente a Rosie no le habría caído muy bien, la verdad, pero a mí sí. La cuestión es que Mel es la nueva asistente en el negocio de las barritas, y todos los días viene a casa para ayudar a mamá y a papá cuando yo estoy en la escuela. Pero ahora, cuando vuelvo de la escuela, cierran la puerta del estudio con llave, y me la dan. Este año no hemos llegado nunca tarde a ningún sitio, y me han preparado la cena. Y aunque creía que me iban a decepcionar de un momento a otro, no ha pasado. Ni una sola vez.

Y luego está Ibrahim. Ha venido a cenar a casa muchas veces, y hasta han puesto su cara en el envoltorio de una barrita nueva. Resulta que mamá, papá e Ibrahim tienen muchas cosas en común, como música y recetas, y seguramente Ibrahim también sea amigo suyo ahora. Incluso ha convencido a papá de unirse a los Jóvenes Senderistas de Dunton Mayfield, así que ahora andan juntos detrás del grupo para asegurarse de que nadie se quede atrás.

A veces yo también salgo de excursión con los Senderistas, pero sobre todo camino junto a Ibrahim. Me ha enseñado que ponerse dos pares de calcetines ayuda a evitar rozaduras, y él conmigo ha aprendido muchas cosas sobre las aves. Y cuando nos paramos a escucharlas, él les canta y ellas responden. Cuando voy junto a Ibrahim, tengo la sensación de que dejo atrás la tristeza, y me siento libre, como si de vez en cuando me quitara de encima una mochila pesada.

Volvemos a estar en marzo, lo que significa que hemos tenido exámenes y que hemos pasado las navidades y hemos celebrado cumpleaños sin Rosie. He temido más este momento que todos los otros juntos.

Porque ha llegado la hora de escuchar al ruiseñor.

Mamá y papá han invitado a mi abuela y a Ibrahim –porque ahora es como de la familia– porque han tenido una idea para celebrar un homenaje en memoria de Rosie en el prado que hay detrás de casa.

Mamá me coge de la mano y salimos todos juntos por la puerta de atrás, cargados con sillas de camping y discutiendo sobre si apagar o no las luces. Caminamos en fila, mi gata, *Fish*, va a la cabeza, e Ibrahim se ríe bajito mientras ayuda a mi abuela al final de la hilera. Cruzamos el jardín hasta donde acaba y nos adentramos en el campo hasta el gran árbol.

Y la luz del cielo se va apagando como si alguien la hubiera desenchufado, y un coro de aves canta como si fuera un arrullo. Huele a lluvia, y en la hierba y en los arbustos todavía se ven gotas de agua.

Nos sentamos en círculo, arropados con mantas, y *Fish* se estira y se duerme sobre el regazo de la abuela. Papá da un discurso no muy bueno porque no deja de llorar, pero creo que todos lo entendemos. Cuenta la historia sobre la vez que Rosie vio el toro en el campo. También habla de cuando salvó del embalse a *Fish*, que se pone a ronronear al oír su nombre. Papá dice que aún está un poquito enfadado porque Rosie hiciera una cosa como aquella, pero se inclina sobre la gata para acariciarla en la barbilla.

Mamá y la abuela hablan de cuando Rosie llevó a la escuela durante toda una semana un jersey con el dibujo de un tejón y de cómo siempre se metía en algún lío, incluso cuando solo era un bebé. Hablan de lo mucho que la echan de menos y de lo injusto que es que ya no esté. Pero también dicen que siempre la llevarán en el corazón.

Ibrahim se toca el bolsillo de la camisa dos veces, me mira y asiente.

Y entonces me toca hablar a mí. Mamá me preguntó si querría decir algo y le dije que sí. Pero intenté escribir algo y nada me sonaba bien.

Así que a Ibrahim y a mí se nos ocurrió otra cosa.

Mamá me da un beso, y papá me da un apretón en la pierna, y se inclinan y me susurran:

—No tienes que hacerlo si es demasiado.

Pero no dejo de pensar en que a Rosie le gustaría que tuviera valor. Así que me pongo de pie y me paso la lengua por los labios porque los noto secos. Y digo:

—Quería decir cosas bonitas sobre mi hermana Rosie, porque para mí ella lo era todo. Pero a los seres humanos no siempre se nos da bien decir y hacer cosas bonitas, así que espero que nuestro «todo» las diga por mí.

Miro hacia la copa del árbol, porque el sol ya se ha puesto. El momento ha llegado.

Mamá me besa en la cabeza y me dice que tenga cuidado. Asiento y empiezo a trepar hacia el lugar donde todo empezó.

La sensación de subir este árbol es la misma de siempre, y a la vez no lo es. Nada lo es. Ni siquiera yo soy el mismo. Todavía tengo ganas de echar a correr y escapar de todo esto, pero no hay cuadrados suficientes en el mapa para hacer que las cosas vuelvan a ser como antes.

Llego a la rama plana como un banco y me agarro con firmeza. Mi familia deja de hablar y guardamos silencio.

Y todos escuchamos.

Oímos el rumor lejano de la carretera principal y una risa en la distancia. Oímos nuestras respiraciones y el roce de nuestras manos al frotarlas. Y escuchamos atentamente, a la espera de oír al ruiseñor.

Y poco a poco se va haciendo de noche.

Vuelve a dolerme la barriga, porque sé que no vendrá. El ruiseñor. Y sé que la población de ruiseñores no deja de descender, y aunque sé que alguien cortó los arbustos de este prado, que es donde viven, esperaba que, al menos este año, el ruiseñor volviera. Aunque solo fuera para escucharlo una última vez.

Aunque fuera para ayudarme a despedirme.

Entonces, desde abajo, me llega una melodía suave y grave. El corazón me da un vuelco, porque, por un instante, creo que es el ruiseñor, pero no... Es Ibrahim, que canta. Y su canción contiene travesías que podrían ir a África y regresar si quisiera.

Mientras escucho la canción de Ibrahim pienso en muchas cosas, como que el ruiseñor no ha venido, pero los arbustos vuelven a crecer, despacio, así que a lo mejor regresará el año que viene, o el siguiente. Y pienso en que no encontré a Rosie a pesar de caminar muy lejos y hacer cuanto pude.

Pero al escuchar la canción de Ibrahim, también me doy cuenta de que he encontrado otras muchas cosas. Como un padre y una madre que cumplen la promesa de estar presentes. Y amigos que me hacen sentir menos solo. Y pienso que algunas de las cosas que encontramos te acompañan para siempre.

Y oigo el susurro de Rosie en la melodía: «Has sido muy valiente al subir otra vez al árbol, Jasper».

Y yo le susurro: «Ya lo sé».

Y ella dice: «¿Vas a estar bien?».

Y le digo que no con la cabeza, porque no estoy bien y porque estar en el árbol sin ella se me hace extraño. Y luego le digo que sí, porque veo que abajo hay personas que estarán ahí para ayudarme si me caigo. Mamá. Papá. La abuela. Ibrahim. Y todas las demás a las que conocí cuando salí tras la pista del ruiseñor.

Ibrahim levanta la cabeza y canta a las estrellas.

Cierro los ojos. Respiro hondo.

Y escucho.

NOTA DE LA AUTORA

Hace unos años, en una habitación de hotel, estaba mirando *Springwatch*, un documental de la BBC sobre la vida salvaje, en el que hablaban del insólito avistamiento de un ruiseñor en una estación de servicio. Yo nunca había oído el canto de un ruiseñor. Lo cierto es que no sabía casi nada de pájaros. Pero el hecho de hallar algo tan hermoso en un lugar tan atípico me llevó a hacer la mochila para explorar la naturaleza.

En mis andanzas descubrí, cerca de mi casa, rutas de senderismo secretas que ni sabía que existían. Aunque sobre todo salía a andar sola, conocí a personas extraordinarias en campos de vacas, en ríos y hasta en paradas de autobús. Vi faisanes multicolor que aparecían de entre los arbustos, bandadas de estorninos que se movían como cintas en el cielo al atardecer, e incluso pasé por caminos de noche como parte de un recorrido de cien kilómetros del Trailwalker para Oxfam.

Escribiendo este libro he aprendido a escuchar no solo el tapiz de trinos que descubres cuando paseas por cualquier parte del mundo, sino también a otras personas. Durante un voluntariado para la NSPCC, una entidad que promueve la prevención del maltrato infantil, conocí a niños y niñas valientes y sensacionales que, al igual que Jasper, hacen frente a circunstancias que les causan angustia, ansiedad y tristeza. Cuando estamos preocupados o angustiados por algo, lo más importante es hablar con un adulto de confianza. Y si alguien nos elige como ese adulto, podemos escucharlo.

Si tú mismo, o un niño a quien conoces, está pasando por un momento angustiante, como Jasper, existen muchos lugares a los que acudir. Pide ayuda a un profesor o a cualquier adulto responsable, y si eres un adulto, en el Centro de humanización de la salud (humanizar. es) ofrecen orientación sobre cómo afrontar el duelo, y en la Asociación AMTAES (amtaes.org), sobre cómo tratar la ansiedad.

Lo cierto es que llegué a oír el canto de un ruiseñor, lo cual es una suerte y algo maravilloso, ya que la población de ruiseñores sigue a la baja a medida que sus hábitats se transforman. Una noche, en la oscuridad, rodeada de otras personas, cada cual dedicada a su propia búsqueda, escuchamos un coro de seis ruiseñores que cantaban entre las sombras. Y en ese momento supe que ahora es más importante que nunca proteger a esta minúscula ave que, aunque es algo más pequeña que un petirrojo, es capaz de cantar una gama de notas como ninguna.

Este libro me ha inspirado el amor por las aves y la naturaleza para el resto de mi vida, y me ha hecho tomar conciencia del privilegio de tener cosas preciosas a la vuelta de la esquina.

Gracias por compartir el viaje de Jasper conmigo. Espero que el ruiseñor también te sirva de inspiración para buscar en lo cotidiano cosas maravillosas, que podemos encontrar si simplemente nos paramos a escuchar.

Sarah

AGRADECIMIENTOS

Debo agradecer este libro a muchas personas, pero, antes que a nadie, a mi brillante editora, Lucy Pearse. Lucy, tu inquebrantable fe en esta historia no deja de asombrarme, muchísimas gracias. Gracias también a todo el equipo de S&S Children's por su apoyo.

No tengo palabras para expresar lo mucho que me gustan las ilustraciones de Sharon King-Chai. Gracias, Sharon, por aceptar unos plazos tan ajustados y por dar vida de una forma tan bella a esta historia. Soy tu más ferviente admiradora.

Gracias, como siempre, a Sallyanne Sweeney, que tiene auténticos poderes mágicos. Gracias por estar dispuesta a ejercerlos por mí.

Gracias a todas las personas que me brindaron co-
mentarios y críticas sobre el libro. En especial a mi madre (que lo leyó un millón de veces), a Annie Rose, a
Anna Burtt, a Pippa Lewis, a Ellie Brough, a Yasmin Rah-
man, a Katya Balan y a todos vosotros.

También quiero dar las gracias a Peter Hughes y
a Demet Hoffmeyer-Zlotnik, por su brillante capacidad
para verificar hechos. Y a The Nest Collective y, en par-
ticular, a Sam Lee, por una noche verdaderamente má-
gica con el ruiseñor. Gracias a la Society of Authors y a
la Author's Foundation Grant, cuya ayuda hizo posible
este libro.

Son tantas las personas que han inspirado esta historia que sería imposible mencionarlas. Sin embargo,
me gustaría dedicar un agradecimiento especial a la se-
rie documental *Springwatch*, a Chris Packham, a Oxfam
Trailwalker, al granjero Deon y sus vacas, a los escritores
de Retreats For You y a mi equipo pasado y presente de
Jericho Writers.

Gracias, como siempre, por su apoyo como escritoras
a Anna Raby, Harriet Venn y Kathryn Awde, mis Brighton Ladies, así como a los compañeros de trabajo que he
tenido. Y un agradecimiento especial a mis excepcionales
autores, aunque no figuren en la lista: ya sabéis quiénes

sois. Deberíamos replantear los equipos de Infantil contra Juvenil del *escape room*...

Por último, un agradecimiento especial a mi extraordinaria familia. A mi madre y a mi padre, por todo lo que hacéis. A Louise, Jay, Amelia y Edward (a quien dedico este libro). A mi abuelo y a mi abuela, que son maravillosos. Y a Ryan Annis y familia.

Un buen compañero hace corto el camino largo. Así que me siento afortunada de teneros a mi lado en este.

SOBRE LA AUTORA

Sarah Ann Juckes es escritora de libros juveniles. Con su debut como autora de literatura juvenil con *Outside* (Penguin), fue nominada para el Carnegie Medal Award 2020, preseleccionada para el Mslexia's Children's Novel Award y finalista del Bath Children's Novel Award 2017. Su segunda novela juvenil, *The World Between Us*, se publicó en mazo de 2021, y *Tras la pista del ruiseñor* es su primera novela infantil. Trabaja con escritores de todo el mundo a través de la plataforma Jericho Writers y forma parte de la junta directiva de Creative Writers, una organización benéfica que ofrece apoyo a escritores infrarrepresentados. Suele pasar buena parte del tiempo hibernando con su gato en una cabaña en East Sussex, donde escribe.

SOBRE LA ILUSTRADORA

Sharon King-Chai es una diseñadora e ilustradora galardonada. Nacida en Australia, se trasladó a Londres en 2003 tras licenciarse en Comunicación Visual por la Universidad Tecnológica de Sídney. Desde entonces vive en el norte de Londres. Sharon ha trabajado en diversos proyectos, como diseño de álbumes, *branding* y logotipos, envases de productos, cubiertas de libros e identidades de eventos. Sus trabajos más recientes incluyen colaboraciones con Julia Donaldson en sus formidables y premiados libros *Animalphabet* y *Counting Creatures*, así como en su propio libro ilustrado, *Starbird*, ganador del premio Kate Greenaway Shadowers' Choice 2021.

ÍNDICE

Bambú Exit

Ana y la Sibila
Antonio Sánchez-Escalonilla

El libro azul
Lluís Prats

La canción de Shao Li
Marisol Ortiz de Zárate

La tuneladora
Fernando Lalana

El asunto Galindo
Fernando Lalana

El último muerto
Fernando Lalana

Amsterdam Solitaire
Fernando Lalana

Tigre, tigre
Lynne Reid Banks

Un día de trigo
Anna Cabeza

Cantan los gallos
Marisol Ortiz de Zárate

Ciudad de huérfanos
Avi

13 perros
Fernando Lalana

Nunca más
Fernando Lalana
José M.ª Almárcegui

No es invisible
Marcus Sedgwick

*Las aventuras de
George Macallan.
Una bala perdida*
Fernando Lalana

Big Game (Caza mayor)
Dan Smith

*Las aventuras de
George Macallan.
Kansas City*
Fernando Lalana

La artillería de Mr. Smith
Damián Montes

El matarife
Fernando Lalana

El hermano del tiempo
Miguel Sandín

El árbol de las mentiras
Frances Hardinge

Escartín en Lima
Fernando Lalana

Chatarra
Pádraig Kenny

La canción del cuco
Frances Hardinge

Atrapado en mi burbuja
Stewart Foster

El silencio de la rana
Miguel Sandín

13 perros y medio
Fernando Lalana

La guerra de los botones
Avi

Synchronicity
Víctor Panicello

*La luz de las
profundidades*
Frances Hardinge

Los del medio
Kirsty Appelbaum

La última grulla de papel
Kerry Drewery

Lo que el río lleva
Víctor Panicello

Disidentes
Rosa Huertas

El chico del periódico
Vince Vawter

Ohio
Àngel Burgas

*Theodosia y las
Serpientes del Caos*
R. L. LaFevers

*La flor perdida
del chamán de K*
Davide Morosinotto

*Theodosia y el
báculo de Osiris*
R. L. LaFevers

Julia y el tiburón
Kiran Millwood Hargrave
Tom de Freston

*Mientras crezcan
los limoneros*
Zoulfa Katouh

Tras la pista del ruiseñor
Sarah Ann Juckes

*El destramador
de maldiciones*
Frances Hardinge

*Theodosia y los
Ojos de Horus*
R. L. LaFevers